AF276746

Veinte, veinte

Antonio Reseco

Veinte, veinte

TREA | 2026

La presente publicación ha sido beneficiaria de una de las ayudas a la Edición convocadas por la Consejería de Cultura, Turismo, Jóvenes y Deportes de la Junta de Extremadura.

Primera edición: febrero de 2026

© de esta edición:
Ediciones Trea, S. L.
C/ Gran Capitán, 52
33213 Gijón (Asturias)
Tel.: 985 303 801. Fax: 985 303 712
trea@trea.es
www.trea.es

Dirección editorial: Álvaro Díaz Huici
Producción: Patricia Laxague Jordán

Depósito legal: AS 00082-2026
ISBN: 979-13-87790-94-3

Impreso en España – *Printed in Spain*

Para Marieta, Javier y Marta

El mundo y la vida son una y la misma cosa
WITTGENSTEIN

Compré un ejemplar del *Diario del año de la peste*, de Daniel Defoe, a principio de los noventa. Era una edición de bolsillo de Bruguera, traducida por Carlos Pujol. En esas ventas de saldos de libros. Las únicas que podía permitirme por entonces. En la ilustración de portada aparecía un fragmento del cuadro *El triunfo de la muerte*, de Pieter Brueghel, el Viejo, que se encuentra en el Museo del Prado. Los ejércitos de la parca asolan la composición. El fin todo lo iguala. Me fijo en un arlequín aterrorizado que intenta esconderse bajo una mesa, como si la salvación aún fuera posible. Como si la vida fuera posible. Nobles, populacho. El más allá siempre sobrepasa en número al más acá. Solo una pareja de enamorados parece ajena a la desolación de la escena.

Alguien, no sé dónde, se ha comido algo. En el mercado de mariscos de Huanan se vende una infinitud de animales vivos. Casi todos capturados de forma ilegal. En la tienda Da Zhong hay de todo, crías de lobo vivas, cigarras doradas, escorpiones, ratas de bambú, ardillas, zorros, civetas, salamandras, tortugas y cocodrilos. También las partes más llamativas de esos animales, vientres, lenguas, intestinos y colas. En las academias de restauración no se enseña cómo cocinar una rata de bambú. En las escuelas inglesas ningún niño sabe dibujar siquiera una rata de bambú. Hace años, la comunidad científica avisaba del peligro de estas prácticas. Los artículos científicos no son entretenidos. Un virus pasa de un sitio a otro. No se sabe qué fue antes, si el huevo o la gallina.

La víspera de Reyes, la OMS alerta de un brote epidémico de un nuevo coronavirus. Pocos días antes, el 31 de diciembre de 2019, en Sidney, los fuegos artificiales sobre la bahía volvían a ser el primer espectáculo del año nuevo. La alegría no tiene futuro; la desolación, sí. Horas después, Times Square estaba abarrotada de gente. Entre una hora y otra, B. tenía un accidente en Marruecos. Llegó a casa llena de cristales y aterrada. Aún triste desde su regreso de España, su marido no tuvo un solo gesto empático. Ni por su tristeza, ni por su accidente. Ese mismo día, la Comisión Municipal de Salud de una ciudad de la provincia de Hubei, en China, notifica un conglomerado de casos de neumonía en la ciudad.

En enero hace frío en el hemisferio norte. Es invierno. Durante el verano austral, en Argentina

los asados se hacen al aire libre, las piletas se lle-
nan de bañistas, hay un afán marcado por vivir en
la calle. Enero es el mes más caluroso en Buenos
Aires. También uno de los más lluviosos. La ciudad se vacía de porteños que se dirigen a Mar del
Plata. Pocos allí saben que Wuhan es una ciudad
de más de diez millones de habitantes. Tampoco en la vieja Europa. Estas son sus coordenadas
30°35'14"N 114°17'17"E. Las autoridades chinas
hacen de autoridades chinas.

Ya nadie se acuerda de que hace justo diez años un
terremoto destrozó Haití. El seísmo de 7,0 MW
fue uno de los más devastadores de la historia.
En los recuentos finales se cree que murieron
315 000 personas. La pobreza siempre llama a la
pobreza. La naturaleza tiene a veces una extraña
forma de hacer justicia. El anuncio de la ayuda
humanitaria no se hizo esperar. La intención se
publicita mejor que la ejecución. El juez nunca es
anónimo, el verdugo, sí. Muchos de los envíos re-
gresaron a los países de origen o quedaron en las
organizaciones gestoras. Hay epidemias lentas,
epidemias rápidas, epidemias de un solo minuto.

Jean Simmons fallece. No todos los muertos son
iguales. Hay muertos que no acaban de morir
nunca. Y vivos que jamás vivieron. Aún puedo
imaginarla abrazada a Kirk Douglas en Espar-

taco. Varinia, la esclava que encarnó la belleza y la bondad. A mi padre le encantaba esa película. Fui a verla con él al cine cuando era crío. La imagen de Laurence Olivier seccionando la cerviz de Woody Strode con una daga. Luego, cada vez que la reponían en televisión, la veía como si fuera la primera vez. Ahora ya no recuerda quién era Espartaco. Tampoco haber visto una película sobre él y que le gustase. Ahora ya no recuerda nada.

Hacía casi un año que no veía a mis amigos Hilario y Emma. La última vez fue cuando hicimos un viaje a Lisboa con nuestras familias. Prometimos repetirlo. Diez meses después, quedamos en mi casa. Hilario trajo libros con preciosas dedicatorias. Visitamos el teatro romano de Medellín. A pesar del tiempo desapacible, en las fotos se nos ve felices. Es una suerte tenernos. La comida en el restaurante fue generosa. Como todo el día. No sabíamos que no volveríamos a Lisboa durante mucho tiempo. No sabíamos que no podríamos poner fecha a nuestro próximo encuentro.

Cuenta Defoe al principio de su libro que, en septiembre de 1664, comenzó a circular la noticia de que la peste había invadido Holanda. El rumor decía, según unos, que provenía de Italia. Otros, que había llegado de Oriente en mercaderías trasportadas por la marina desde Turquía. Otros, de Candía. Otros, de Chipre. Lo cierto es que la peste solía tener siempre una nacionalidad de nacimiento; pero podía adquirir cualquier nacionalidad en destino. Algo que alguien hace en un punto del globo proyecta su reflejo en otro punto remoto e inconexo. Nadie nos ve, pero no estamos solos.

Los vecinos del tercero trajeron un perro. Está hibridado, no tiene raza. En ocasiones es mejor desconocer la procedencia o el pasado. El animal vive encerrado casi todo el día. Ladra. Quiere salir. A veces huele mal. Es negro y no muy grande, aunque corpulento. Creo que solo lo sacan al anochecer. Debe de hacerse sus necesidades en la terraza, o quizá en la casa. Ella está en paro. Pero casi nunca permanece en el apartamento. Él no sé lo que hace. En muchas ocasiones se escucha al perro gemir mientras oímos los gritos al golpearlo. Los animales esperan su momento.

Cerca y lejos son dos conceptos que aprendíamos en los programas televisivos de nuestra infancia. Por ejemplo, en *Barrio Sésamo*. La distancia entre Pekín y Milán es relativamente grande. Para ir a pie. O incluso en coche. En avión apenas son poco más de diez horas. Una jornada laboral. La respiración es más rápida que la noticia. La respiración que va de Pekín a Milán tarda en inundar el aire menos que el noticiero que pudiera hablar de ella. La mano que reposa en la taza o en la mesa. Primero siempre es el hecho, después su crónica.

He comprado tres entradas para un concierto de Sting en Mérida. Lo vi en Cáceres en 1993. Más tarde, en Madrid acompañado por una orquesta filarmónica en 2010. Ha pasado una vida. Será en agosto. Esta vez iremos mi hijo y yo y una tercera persona por determinar. Él tiene ilusión por conocer a este artista. Es joven y no ha visto en directo a demasiados músicos de altura. Músicos de una época que no es la suya. Me gusta pensar que podemos compartir cosas que servirán de base al recuerdo. Él tiene aún todo el tiempo del mundo.

El problema de la distancia es que nos hace descreer de la cercanía. Nos hace imaginar que somos inmunes. Tailandia registra el primer contagio fuera de la Gran Muralla. Tailandia está lejos. La conocemos por la comida thai, las playas y los paquetes vacacionales. Demócrito pensaba que los átomos están siempre en continuo movimiento. Eso dificulta el conocimiento de la realidad, que es cambiante y casi inaprensible. Lo que hoy está aquí, mañana está allí. El rostro del extraño es ahora el rostro de nuestro vecino.

Hay mucha gente que no tiene aficiones. Pasa su vida sin otro aliciente que respirar. Todo lo más, ir a algún bar, sentarse en una terraza, o juntarse con los amigos a beber alcohol. A otros, en cambio, les gusta disfrutar de la naturaleza, hacer *trekking* o montañismo. Otros hacen deporte al aire libre o atiborran los gimnasios, y sudan y se hacen fuertes. Quizá los menos, marcan sus fronteras dentro de sí mismos. Pronto se descubrirá cómo la vida afecta a cada uno de ellos. Una misma situación puede ser muchos sujetos distintos.

El gobierno chino pone en cuarentena a más de 56 millones de personas. Las imágenes nos resultan extrañas, casi ajenas. Como cuando uno ve una película y no le interesa demasiado, y cambia de cadena para buscar algo más estimulante o más liviano. La ciencia ficción es ficción, pero también ciencia. Japón, Nepal, Francia, Australia, Malasia, Singapur, Corea del Sur, Vietnam, Taiwán, Tailandia, Nepal y Estados Unidos notifican casos. Solo las celebraciones del año lunar chino han sido suspendidas.

2

B. se casó en 2010 con un magrebí. Llevaba saliendo con él siete años. Habían estudiado en la Universidad Complutense. Farmacia. Hicieron las prácticas juntos en Portugal. Parecía occidental. Ella lo dejó todo, su trabajo en Madrid, la familia, los amigos, y ese año se trasladó a vivir a Marruecos. Un año después tuvo un hijo. Eligió el nombre de Ismael, y él aceptó. A la hora de registrarlo, simplemente la engañó. Ismail. Aunque todo comenzó a resultar extraño desde el primer día. Ella aún no sabía que pasaría por alto siempre sus opiniones, que se saldría siempre con la suya. Durante las celebraciones de aquel enlace algunos asistentes vieron el triunfo del amor. La mayoría tenía miedo y sonreía. B. había aceptado una sentencia.

Todo en la vida pende de un hilo. Las comunicaciones, las relaciones, la economía, las creencias, la confianza. Si se mira fijamente, un pequeño movimiento vale para convulsionar cualquier estructura. Fragilidad y fortaleza definen una tela de araña. La certeza solo existe en ausencia de incertidumbre. El sol se ve cuando no hay nubes que lo oculten. De repente un día te levantas y todo es distinto. No consigues explicarte nada; solo que nada volverá a ser como era antes. Pero esto fue después: no hay sensación más universal que pensar que las transformaciones solo afectan a los demás.

Apenas dos semanas después de la muerte de Varinia, murió Espartaco. Es como si aquel romance de cine quisiera reflejarse en la eternidad. Kirk Douglas tenía 103 años, una edad para afirmar con rotundidad que se ha vivido. Decenas de películas, una vida próspera y rica, una estrella en el Paseo de la Fama de Los Ángeles. Nunca olvidaremos el hoyuelo de su barbilla. En esta ocasión, ella le ha precedido a él en el más allá. Entonces, era ella la que se despedía con lágrimas en los ojos al verlo crucificado en la Vía Apia mientras pronunciaba su nombre. Mi padre, a veces, no recuerda el nombre de mi madre.

Lie Wenliang, un oftalmólogo, muere en Wuhan. Había alertado a sus colegas y amigos sobre un nuevo coronavirus a finales de año. Les pedía que extremaran precauciones con equipos de protección individual. Fue requerido por las autoridades, convocado a una oficina de seguridad y castigado por difundir falsos rumores. A mediados de enero contrae el virus. Divulga en las redes sociales su experiencia en una comisaría de policía de la ciudad china. Nada agradable, es de suponer. Su testimonio se hace viral. Cuando falleció tenía 34 años.

El mes de febrero resulta ser el más seco y cálido de los registros históricos. El cambio climático es una evidencia. Por eso existen los negacionistas. Los hay de todo tipo, los del clima, los del holocausto, los de la esfericidad de la tierra. Tres grados por encima de la media de ese mismo mes en los anales. Todo parece una probeta, un caldo de cultivo. A principios de mes viajo hasta Lucena para visitar a mi amigo José María Torres. Hace más de quince años que no lo veo. Hablamos de todo, de recuerdos, de historia de la ciudad, de la vida. También de algo que está pasando en Asia.

Dice Defoe, «en aquella época aún no teníamos diarios impresos que difundieran los rumores y las noticias, y que las embellecieran por obra de la imaginación de los hombres, como he visto que luego se hacía. Sino que entonces nos enterábamos de tales cosas gracias a las cartas de mercaderes y otras personas que tenían correspondencia con países extranjeros». En nuestro caso era justo al contrario. Toda la información estaba ahí, en periódicos, redes sociales, plataformas digitales. Éramos nosotros los que no queríamos enterarnos.

Imagina que vas de crucero. Diez días de placer. Pero alguien enferma y ningún puerto admite el atraque del barco. O, en el mejor de los casos, nadie puede abandonar el buque. Como en la navegación fluvial en la novela de García Márquez. La bandera amarilla, la bandera Q (Quebec) en el código internacional de señales. Cólera a bordo. El crucero *Diamond Princess* está atracado en Yokohama. Doscientos noventa metros de eslora. Treinta y siete de manga. Nadie puede desembarcar. En pocos días, más de 700 personas estarán infectadas con el virus.

El IBEX se desploma por el temor a una pandemia. En Italia apenas hay muertos. En España no hay ningún fallecido oficialmente. Pero el dinero tiene una especial sensibilidad a cualquier movimiento que le haga tambalearse. El dinero es el reactivo que, en una analítica, detecta lo que resulta casi imposible de detectar. La bolsa sí entiende de pandemias. Las cotizaciones caen. Solo algunas empresas, las farmacéuticas, parecen mantener un horizonte. Pocos disponen de información.

El perro de mis vecinos no ha ladrado hoy. Tampoco se escuchan los pasos de ellos. Ni los pasos de ellos hacia él. El perro se llama Silbo. Solemos oírlo por las noches, sobre las horas de la cena; incluso cuando ya estamos acostados. Me da por pensar que quizá lo han sacrificado, o que lo han abandonado en mitad de algún páramo. O que lo han sedado. Nunca imagino que se ha escapado y ahora tiene mejor vida.

Hemos hecho planes. Queremos ir a Londres en septiembre. Siempre aprovechamos el puente autonómico para salir al extranjero. Hace mucho que no vamos allí, y es de esos sitios a los que nos gusta regresar cada pocos años. Demasiados, quizá. Siete u ocho. He pensado acercarme a los Jardines de Kew, ver el Cattyshark, incluso bajar a Rye para conocer Lamb House, donde Henry James vivió y escribió un buen puñado de años. Esta ciudad es siempre una tentación a la que no consigo resistirme. No compro los billetes.

Egipto informa del primer caso de África. Brasil del primer caso de Sudamérica. África tiene una superficie de 30,3 millones de kilómetros cuadrados y una población de más de 1200 millones de habitantes. América del Sur tiene una superficie de 17,8 millones de kilómetros cuadrados y algo más de 422 millones de habitantes. Entre ambos territorios se hablan más de dos mil lenguas distintas. El virus detectado en el portador de Egipto y el de Brasil, comparten el mismo idioma.

Como en el libro de Umberto Eco, *El nombre de la rosa*, comienzan a gotear las muertes. Las de la ficción y las de la realidad, en el norte de Italia. El miedo casi milenarista que trataba de explicar aquellos sucesos parece una traducción de los primeros signos de las muertes de ahora. Todo comienza con una nota discordante. Con una ficha de dominó. Con un número anecdótico en el macro conjunto de la estadística. Nieva en Lombardía, como nevaba en la abadía de Sacra di San Michele, en la que se inspiró la novela.

He quitado la voz a la televisión. Ese botoncito donde aparece tachado un micrófono. No me suena la ciudad que aparece en imagen. Se me antoja una urbe grande, moderna. Las avenidas están cuidadas. La pintura de señalización vial impoluta. Hay rascacielos. Ideogramas en la cartelería y en el asfalto. Parece descontaminada. Afortunadamente no hay subtítulos que leer. Vuelvo al plato de comida que tengo frente a mí. Acabo de regresar del trabajo. En la ciudad no hay coches, ni bicicletas, ni personas. La ciudad está desierta.

El arte y la desolación. ARCO se inaugura en Madrid con total normalidad. Las instalaciones de IFEMA acogen siempre esta muestra. El comercio de la cultura. Algunos días antes, en Milán, el Atalanta y el Valencia CF juegan un partido. Todo el mundo sabe que un estadio es una bomba a presión. En pocos metros se congregan el mismo número de personas de una ciudad de provincias. Luego sale el vapor de la olla. Pocas semanas después, donde se vende y comercia con el arte, se instalará un hospital de campaña con 1300 camas. Y una morgue. No quedará ni rastro de cultura.

3

En Canadá, el Hand Sanitizer (gel hidroalcohólico) desaparece de las estanterías de los supermercados en una semana. Mi primo tiene una destilería en Winnipeg. Produce vodka y ginebra bajo la marca *Bison Liquors*. La inspectora del CRA en Manitoba le comunica que debe fabricar gel hidroalcohólico. La emergencia es nacional. En 72 horas recibe la licencia para producirlo. En condiciones normales hubiese tardado meses. La formulación es aún más rápida. Es la suerte de tener farmacéuticos en la familia. En realidad, le hubiese bastado con mirarla en internet. Todo el mundo hace algo distinto de lo que hacía.

Como en una bolera. El lanzador introduce los dedos en los agujeros de la bola. Todas tienen las mismas dimensiones, 21,6 cm de diámetro. El peso entre 3 libras y 6 onzas y 3 libras y 10 onzas. Varía, como los colores. El lanzador se coloca en la antepista y toma impulso. Después la bola cae sobre la pista. Su longitud es siempre igual. 64 pies hasta la última fila de bolos. 60 pies hasta el primero de los bolos. El 8 de marzo, las manifestaciones por el Día Internacional de la Mujer han sido autorizadas. Todos los bolos están colocados.

Es una guerra. Como una guerra. Solo que el enemigo es invisible. Un pez globo de puntas romas. De muchos colores, azul, rojo, verde. Los niños comienzan a pintarlo. Se sueñan con él. Es un ejército innumerable y taimado. El presidente declara el estado de alarma. Paradójicamente, su discurso emula algunos de los más famosos pasajes de los discursos de Churchill durante la Segunda Guerra Mundial. El presidente parece un comandante en jefe. Solo que no sabe qué ejército mandar o a dónde enviarlo.

Un ritual. La ropa casi de campaña. Los guantes, la mascarilla. Sin relojes ni anillos. No llevo móvil, para no manipularlo. Las llaves en un bolsillo determinado. Luego bajo al coche. Hay francotiradores. Es la percepción. En Sarajevo, durante las guerras balcánicas de los noventa, existía una zona llamada la Avenida de los Francotiradores. Al montar en el coche, al bajar, al cruzar hacia el supermercado, tengo la sensación de que me están apuntando. Como en aquella guerra atroz. Al regreso se desinfecta todo, las llaves, las tarjetas de crédito, los paquetes de comida. La ropa va directamente a la lavadora. Cuando cae el agua caliente de la ducha por mi cabeza me siento a salvo. Nadie de mi familia excepto yo sale de casa. No sabemos qué hay de ficción o de real en el rito.

Como en los días soleados de junio. Al amanecer, el sonido del cortacésped interrumpe el sueño en las habitaciones que dan al exterior. Siempre un jardinero municipal madrugador, provisto de sus cascos antirruido, mantiene podada la hierba de la enorme rotonda que se ve desde casa. Pero no es, en realidad, el cortacésped. Es un camión del servicio de limpieza que está fumigando toda la calle con algo que huele a lejía. El asfalto, los acerados, hasta parte de las fachadas y portales. Las imágenes fantasmales que veíamos a miles de kilómetros por televisión ocurren ya en la puerta de casa.

Nadie viene a mi casa. No voy a casa de nadie. Nadie va a casa de nadie. Los repartidores de paquetería tocan el timbre del portal, preguntan el nombre, dejan el envío en el ascensor y se marchan. No sé cómo son sus caras. Los paquetes se desinfectan. Hay quien reparte comida en la casa de los más mayores, o se ocupa de la intendencia de los contagiados. Para que no salgan. Las caras son una animación en una videollamada. Aprendemos a ver sin tocar, a percibir sin oler. A reír de otra forma. Todos estamos cerca pero inmensamente lejos. Nadie espera a nadie.

Todo es prescindible. Todo puede suspenderse, aplazarse o desaparecer y el mundo no deja de girar. Las costumbres se acendran, se diluyen o se matizan. Y el globo terráqueo gira y gira. Este año no habrá Santa Santa. Ni Feria de Sevilla. Ni Feria del Libro en Madrid. Ni Sanfermines. Tampoco se celebrarán los Juegos Olímpicos (tocaban en Tokio). Todas estas cosas tuvieron una primera vez. Las medidas. Las medidas necesarias cuyos resultados se ignoran. El Reino Unido, uno de los países más tradicionalistas del planeta, no quiere cuestionar su idiosincrasia. El concepto de libertad. A finales de marzo comienza a adoptar medidas de contención. Todas son tardías.

No tocar. Recuerdo aquellos letreritos colocados en tantos y tantos museos justo delante de las vitrinas expositoras. O de las esculturas. También en el Palacio Real. O en inglés, *do not touch*. Todo lo intangible es demasiado preciado o irreemplazable. También es una de las normas de protocolo de emperadores y reyes. La distancia debida entre el ídolo y el adorador. Recuerdo las imágenes en televisión de cuando Michelle Obama dio una palmadita en el hombro a Isabel II. Ahora, dentro de las vitrinas están todas las personas de mi alrededor. También mis padres y mi hermano. Mis sobrinos. Y un cartelito delante.

Las cintas de la policía local precintando los jardines. Las cintas de la policía local precintando los parques infantiles. Las instalaciones deportivas clausuradas. Un arbusto, un tobogán o una canasta de baloncesto definen por arte de magia el concepto de prohibición. El grito apagado de los patios de colegio. El rito ausente en las iglesias. El miedo provocado por el sonido de una puerta que se abre. El lenguaje que enmudece. La tristeza oculta en las casas. El silencio. El silencio.

B. quiere pasar sus vacaciones en España como cada año. En agosto. Cada vez, la espera se le hace menos llevadera. Al principio todo era novedad. El deslumbramiento de las promesas por cumplir. Antes aguantaba hasta que llegaba julio. Pero los periodos entre una partida y otra le resultan ya insoportables. El mundo en el que se mueve no es su mundo. Ese mundo extraño comienza ahora en su propia cama, en su casa. B. querría no regresar jamás al sitio donde está. Querría volver con sus hijos a España y comenzar una nueva vida. Todo es cada vez más absurdo. Lleva diez años de farsa. Desde la misma noche de su boda en Marruecos y durante el viaje de novios. El planeta se encoge como un animal herido. B. quiere ir en verano a su hogar. Han cerrado el puerto de Tánger y el de Ceuta. Han cerrado todos los puertos. Y los aeropuertos.

Mi vecino saca a Silbo tres veces al día. Mi vecina, otras tres. Por delante del balcón de mi casa solo se puede ver a algún perro con su dueño. A veces el dueño lleva un bastón de andar. La gente mira desde los balcones. En alguna ocasión, algún vecino los ha increpado. Es extraño. Muchas mascotas se vuelven un salvoconducto para sus dueños. El Real Decreto no habla del senderismo. En internet se hacen bromas. El perro comunitario que es paseado por turnos. El perro que saca al dueño. El perro que aparece reventado de las caminatas. La mayor parte de los dueños de mascotas son respetuosos. Otra parte, no.

Los colegios y las guarderías se asemejan a buques fantasmas. Los institutos, también. Parece como si todos fuéramos viejos de repente. Nadie conoce el protocolo para organizar a los jóvenes, que son, por otra parte, los más difíciles de organizar. En caso de conocerse, el protocolo cambia. Como una señal de vitalidad, los profesores, ejecutando órdenes, comienzan a bombardear los hogares con tareas y correos. Las casas se convierten en improvisados centros educativos. Sin orden ni concierto, como se va pudiendo. Las hormigas gestionan mejor y en menos tiempo los ataques al hormiguero.

Modelo de Bernoulli, modelo binomial, modelo geométrico, modelo binomial negativo, modelo hipergeométrico, modelo de Poisson… son modelos estadísticos o probabilísticos. El más simple es el modelo aleatorizado $Y_{(ij)} = \mu + \alpha + \varepsilon_{ij}$. El resultado no es previsible más que en función de la intervención del azar. Flaxman S et al. del Equipo de Respuesta COVID-19 del Imperial College publica nuevos datos sobre el posible número real de personas infectadas en 11 países europeos. Su previsión sugiere que, a partir del 28 de marzo, en Italia y España, 5,9 millones y 7 millones de personas podrían haberse infectado, respectivamente. Alemania, Austria, Dinamarca y Noruega tendrían las tasas de infección más bajas (proporción de la población infectada).

Los himnos. Los eslóganes. Todos los países los tienen. No puede abanderarse ninguna lucha sin ellos. Es algo mecánico, casi una inercia. Buscar la idea de que todos estamos unidos y que ello nos hace fuertes. Que somos capaces de sonreír a pesar de la tristeza y que saldremos adelante juntos. En los campos de batalla la solidaridad entre los soldados es inquebrantable justo en la trinchera. Cuando se sale de ella para el cuerpo a cuerpo, la soledad y el hombre son la misma cosa. Generalmente una bala es un hombre. En los balcones todos parecemos un único cuerpo. Los que mueren en los hospitales son una pluralidad, pero están solos.

4

Los fabricantes de mascarillas. Los vendedores de mascarillas. Los fabricantes de gel hidroalcohólico. Los vendedores de gel hidroalcohólico. Los fabricantes de guantes de látex. Los fabricantes de guantes de vinilo. Los vendedores de guantes de látex. Los vendedores de guantes de vinilo. Los fabricantes de lejía. Los vendedores de lejía. Los fabricantes de *tablets*, de ordenadores, de *smartphones*. Los vendedores de *tablets*, ordenadores y *smartphones*. Las funerarias. Amazon.

Recuerdo aquella película de Byron Haskin protagonizada por Charlton Heston y Eleanor Parker, *Cuando ruge la marabunta* (*The Naked Jungle*, en la versión original). 1954. Debí de verla en una de esas sesiones de la tarde de los sábados cuando solo había dos cadenas en televisión. Una mancha negra que avanzaba y lo devoraba todo a su paso. Las plantaciones, los negocios, las personas. Especialmente a los más cándidos o descuidados. A los que nunca pensaron que les tocaría a ellos. Una mancha negra que podía verse a lo lejos, moviéndose, imparable. Hoy no quiero mirar por la ventana.

Todos tenemos el pelo largo. Las peluquerías llevan más de un mes cerradas. Cobra notoriedad algo que resultaba insustancial en un primer descarte. Mi hijo me pide que le rebaje las patillas y lo más sobresaliente del cabello. Nunca he sido peluquero. Nunca creí que fuera a serlo. Solo una vez durante el servicio militar le corté el pelo a un compañero. Fue un desastre. Apenas sé cómo coger las tijeras. Los sábados por la tarde hay videoconferencia de primos. Extremadura, Madrid, Navarra, Canadá y Marruecos. El pelo crece en todos los puntos del planeta. Cuando uno muere, dicen, sigue creciendo.

El mundo es un oso en hibernación. Durante el verano desarrolló todo tipo de correrías. Fue dominado por la gula. Bayas, salmones, miel, raíces, incluso algún mamífero desprevenido. Fue el rey del bosque montañoso. Depredó incluso a los cazadores. También de esto se han hecho películas. Pero siempre hay un momento para regresar a la caverna. Solo que esta vez el letargo comenzará en primavera y se prolongará demasiado. Las reservas de grasa de los úrsidos no duran más de cien días.

Es como si de pronto nadie tuviera manos, como si hubiesen seccionado todos los brazos de la Humanidad. Y los dedos hubiesen perdido cualquier utilidad para la que la naturaleza los había ido diseñando. Aprendimos aquellas teorías darwinistas sobre la evolución del dedo pulgar. Más o menos lo tenemos igual que el *homo habilis*. Sirve para pinzar los objetos y manipularlos más fácilmente. Ahora no nos valen para abrir las puertas, para llamar a los porteros automáticos, para pulsar el interruptor de la luz de las escaleras. Todo lo hacemos con el codo, mucho más impreciso. Es como si todos los pianos hubieran enmudecido.

Está siendo una primavera lluviosa. Según la AEMET, abril ha sido en su conjunto muy húmedo, con una precipitación media sobre España de 91 mm, valor que supera en un 40 % al normal del mes que es de 65 mm. Desde el balcón veo caer la lluvia. Cesa y sale el sol. Propio de la estación. Pero el suelo permanece mojado durante mucho tiempo. Imagino que el campo habrá verdecido. No puedo acercarme al chalet y comprobar cómo van mis árboles. Esta primavera no veré los kazanes florecidos, ni las primeras hojas del roble. Este año las paredes nos protegerán del polen más que nunca. No hace frío, pero al atardecer, las nubes de la lluvia reciente y un sol algo apagado hacen que el tiempo sea fresco. Suenan las sirenas de la policía. Como cada día.

El lenguaje utilizado es una aberración. La lengua es una puta que lo admite todo. De escucharla cada día, nos parece normal. Con los políticos, de forma flagrante. Los abertzales y los nacionalistas, de especial manera. Decir lo que no es. O decirlo que parezca lo que no es. A fuerza de costumbre, el hombre es domesticado. Como los perros de Pavlov. Anoto en un papel: distancia social, nueva normalidad, aplanar la curva, inmunidad de rebaño. La lengua también puede ponerse en cuarentena.

El mundo está globalizado. Se puede establecer un estudio de la economía planetaria de forma unitaria. Como si la de Kenia fuese parecida a la de Arabia Saudí. O si aquella tuviese el mismo petróleo que esta. El Fondo Monetario Internacional (FMI) pronostica una caída del 3 % del PIB del planeta en 2020. Las previsiones para 2021 pueden ser peores. La recesión económica más dramática desde la Gran Depresión en 1929. Ningún continente quedará libre. Qué extraño es todo. Los países de la zona euro, el Reino Unido y los Estados Unidos podrían ver una contracción en la actividad de entre 5,9 % y 7,5 %. Sin embargo, la economía de China crecerá. Ya puede salirse de Wuhan.

En el piso, confinada, B. se siente cómoda. Con sus hijos. Y cuando no está él. La armonía es un espacio reducido en el que aún son posibles momentos de alegría. Luego llega al atardecer, y la vida retoma su absurdo y su acritud. Él lleva años ejerciendo un callado maltrato psicológico. Desde el mismo día de su boda. Ella aprendió a hacer oídos sordos a todo. Aprendió a convivir con el menosprecio y la estupidez. Ahora, cada vez le resulta más complicado. Ni siquiera la mira. Durante el ramadán hay aglomeraciones en todos sitios. Como siempre. Nadie parece entender nada. Tampoco quien parecía occidental. B. sueña con cosas sencillas para sus hijos, un parque, una calle para pasear, un día de campo.

Cuando comencé a viajar en avión hace más de treinta años, al mirar por la ventanilla, podía ver cómo alguna que otra aeronave se cruzaba a lo lejos. O viajaba en paralelo. Con el tiempo, el espacio aéreo se convirtió en una red de autopistas concurridas. A veces, tenía la sensación de que convergeríamos en algún punto, algo así como un vértice de colisión. O que podían sorprenderte por detrás o por un ala, como en los combates aéreos. Hace poco más de un año que viajé por última vez. Han desaparecido los aviones. Ni un sonido, ni una estela. Ya no imagino hacia dónde van o de dónde vienen.

Matar el tiempo. Cuando ETA perpetraba sus secuestros, generalmente de larga duración, contra empresarios vascos o funcionarios, una vez liberados (si es que lograban salir con vida), preguntaban a las víctimas cómo se organizaban el tiempo en un zulo. La mayoría eran metódicos. A pesar de la imposibilidad de saber al cien por cien la hora o el día, hacían ejercicio, caminaban en pocos metros, leían e imaginaban. Otros estudiaban. Rara vez se rendían. Nosotros tenemos más suerte. Casi todos tenemos una casa confortable, la nuestra, donde pasar el encierro. Pero el tiempo sigue siendo difícil de organizar. Es preciso, como en aquel caso, ser sistemáticos. Teletrabajo, paseo por los pasillos, ocio. A muchos, el tiempo los mata; paradójicamente, a muchos otros no les sobra.

El 18 de abril de 1491, Fernando el Católico sale de Córdoba hacia la conquista de Granada. El 18 de abril de 1506, el papa Julio II pone la primera piedra de la Basílica de San Pedro. El 18 de abril de 1877, Thomas Alba Edison presenta su nuevo invento, el fonógrafo. El 18 de abril de 1906, se produce el gran terremoto de San Francisco. El 18 de abril de 1963, los Beatles actúan en el Royal Albert Hall; tras la actuación, Paul McCartney conoce a la que será su novia durante 5 años, Jane Asher. El 18 de abril de 2020, España supera los 20 000 muertos por COVID-19. Según las estadísticas oficiales.

Las videollamadas. Todos queremos vernos a través de un teléfono. Las hacemos a las personas más queridas, incluso a algunos que hace mucho que no vemos o con los que hablamos muy de tarde en tarde. Solo para decirles que estamos bien, para prometernos que, cuando esto pase, haremos por encontrarnos. Agarrarse a un clavo ardiendo. A veces suena franco. Otras, no. Nadie sabe si podrá cumplir su palabra. En cualquier caso, resulta ser una nueva expresión de afecto y cercanía. En las tiendas de nuevas tecnologías, todo está agotado.

Hilario se dedica a pintar insectos con acuarelas. Lepidópteros. Anisópteros. Y mariquitas. Hablamos mucho. En YouTube hay tutoriales para cualquier cosa. Proliferan. Hay tantos maestros como alumnos. Yo también descubro que pintar me ocupa el tiempo y me relaja. Lo fundamental siempre es el agua. Mucha agua. Siempre de lo claro a lo oscuro. Y el papel adecuado. Comienzo a hacerlo compulsivamente. Es probable que la acuarela haya sido el refugio de mucha gente. En Madrid, Elsa también ha comenzado a descubrir el mundo de esta técnica. Por las noches, ve morir gente de COVID-19 en el ala de discapacitados de una residencia en Arganda del Rey.

5

Esta primavera es difícil distinguir a los alérgicos de los que no lo son. Además, no suele haber polen en los supermercados. Pero podemos hacer volar la imaginación. Es preciso fijarse en los ojos. Si están enrojecidos. Luego, la distancia tampoco nos permite apreciar gran cosa. Todos parecemos cirujanos, mecánicos de chapa y pintura, fumigadores, personal de demolición, dentistas. Los alérgicos y los que no. Como si la existencia hubiera sido uniformada y reducida. Nadie puede aventurar hasta cuándo será así. Miro a los ojos de quien escoge las manzanas a mi lado.

Llevo más de sesenta días sin acercarme a la parcela. No sé cómo estará el chalet. Al llegar, el espectáculo es sorprendente. Sobre el prado de césped, las gramíneas han crecido más de setenta centímetros. Las zonas diáfanas de gravilla están pobladas de matojos y herbáceas. Los árboles han pasado la floración y presentan todas sus hojas jóvenes. Una explosión de vida desordenada. La primavera parece ir retirándose. Aquí siempre es breve. En la zona del huerto, los frutales se parapetan entre la maleza de más de un metro de altura. No sé qué debo hacer. No sé por dónde empezar.

Hasta hace poco nunca se llamaban por sus nombres. Siempre utilizaban la palabra Amor. Amor, esto, Amor, aquello. Durante diecisiete años. Las rutinas terminan por anclarse como el musgo a las rocas. Amor, esto, Amor, aquello. Al cargar las maletas en el coche o al dejar las llaves en la puerta. Incluso para recriminar al otro o para hacerle notar algo. Sin mirarse. Un reloj de cuerda. B. conoce la definición de ese término y sabe que no es eso. Sabe que no puede ser eso. Amor, esto, Amor, aquello. Amor, esto, Amor aquello. Nunca una palabra estuvo tan vacía.

Hay ranas en el parque. Algunos helechos han proliferado donde nunca los hubo. Helechos. Paleozoico. La humedad y el abandono. El telediario nos muestra ciudades donde animales salvajes husmean como exploradores de un ejército de ocupación. La disminución de concentraciones de dióxido de carbono hace que Madrid aparezca limpio y nítido. Madrid como una novia desnuda. Desde el espacio, toda Francia es el cristal de un arroyo. Ni siquiera en los puertos el agua aparece irisada y pútrida. No hay espuma. El olor. El olor es distinto. La naturaleza es rápida y contundente en su recuperación. Solo necesita prescindir de nosotros, la verdadera especie invasora.

Desescalada. Uno siempre dirigía su pensamiento a esos trepadores alpinos de principios del siglo xx. Con una indumentaria casi de día festivo y unas picas de apoyo. Escalada y desescalada parecían actividades estimulantes. Ahora las equipaciones son más llamativas, más vistosas y, por supuesto, más seguras y efectivas. Resulta difícil saber exactamente cuándo empieza qué, cuándo se pude hacer esto o aquello. Resulta casi inimaginable que todo un día pueda ser igual.

En las autoescuelas lo habíamos aprendido. Ceda el paso. Las intersecciones, la dirección obligatoria, el tráfico de doble sentido. Señales triangulares, redondas, cuadradas. Rojas, azules, blancas. También el concepto de distancia de seguridad. Aquella que impide que, en caso de frenado, el vehículo posterior colisione con el vehículo anterior que se ve obligado a parar. Ahora la distancia de seguridad es un metro y medio o dos, según los expertos. Quizá más, para todo hay teorías. Así, los aerosoles expelidos por una persona no afectan a otra. Tampoco hay brazos de dos metros.

En apenas dos meses de confinamiento, en España se han destruido más de 815 000 empleos. Un enemigo invisible requiere medidas extraordinarias. Ese casi millón de personas no morirá de COVID-19. Pero será necesario multiplicar por tres al menos a aquellas para conocer las que dependían de esos sueldos. Es decir, 2 400 000 personas. Las que pueden morir de hambre, perder su casa, o contraer deudas que condicionarán su futuro. Ninguna medida es efectiva al cien por cien. En farmacia suele ocurrir. La medicación que cura el corazón puede destrozar el hígado.

Como un guante de látex. Así son las presentaciones virtuales de libros. Asépticas, anticonceptivas. Cada uno en su casa. Cada asistente es un cuadro en la pantalla. A veces permite ser visto. Otras solo es un nombre real o ficticio: Huracán2, Virginia, Luis, Carlos. Una forma de ubicuidad, poder estar en cualquier parte sin limitación de aforo. El mundo se reinventa, pero casi cualquier alternativa a la vida real es un premio de consolación. No suele haber aplausos. Ni ventas al final del acto. Tampoco dedicatorias. Esto debe de parecerse mucho al futuro. Me da asco la expresión *abrazos virtuales*.

Los programas de cocina, que siempre gozaron de aceptación, ahora son un catecismo. A cualquier hora encontramos una retrasmisión en *streaming* de una elaboración que nos endulza la vida. Al principio de la pandemia desapareció la harina de las estanterías de los supermercados. De pronto, de cada recluso nació un repostero. Los pasillos de los edificios olían a bizcocho. Es como el poema de Gloria Fuertes. Se come y se bebe más. Es casi matemática, si todos pesamos más, la presión que ejercemos sobre el suelo es mayor. El aburrimiento.

Estados Unidos es el país más poderoso del mundo. Su ejército es el más moderno y sofisticado. Su estilo de vida ha sido exportado. También algunas ideas que parten de su revolución e independencia. Benjamin Franklin, John Adams, Thomas Jefferson. Es el país donde más claramente choca la idea de libertad con las medidas restrictivas de la misma. Aunque sea para frenar una peste. Las cifras de contagiados y muertos superan a las de cualquier otro país del mundo. El caos y la descoordinación resultan impropios de su potencial. Como cuando las elecciones entre Bush y Gore tardaron meses en resolverse. Un espectáculo. El viejo y sabio profesor de ética que un día encontramos borracho e insultando a la autoridad.

Cuando los niños salen de nuevo a la calle parecen pequeños fantasmas. Con sus mascarillas y con miedo. La mayoría. Otros corren como los perrillos al soltarles la cadena. Todos están blancos. Salen en unas franjas horarias limitadas. Para no coincidir con los mayores. Dicen los psicólogos que todos, niños y adultos, seremos propensos a algún tipo de estrés postraumático, o de fobia, o de alteración psicológica. Afortunadamente, está siendo una guerra con buena logística. Uno de mis abuelos tenía doce años cuando la epidemia de gripe española asoló el mundo. Entonces no hubo ningún psicólogo que le contara nada. Ni siquiera supo nunca que la pandemia no surgió en España.

Los virus ADN tienen una secuencia molecular más estable que los virus ARN. Por tanto, sus mutaciones son menores, y la célula huésped es capaz de corregirlas. Los virus ARN son más inestables, sus mutaciones, mayores, la capacidad de la célula huésped para corregirlas, casi inexistente. Tenemos que buscar una vacuna para el segundo caso. ¿Cuántas mutaciones aguanta una vacuna? ¿Cuánto se tarda en descubrir la primera? Toda la información científica escapa a los no científicos. Pero ahora todos lo somos un poco. Cualquier ateo, en un momento determinado, necesita tener sus dioses.

En las películas, durante las visitas a prisión, el recluso está en una cabina detrás de una ventana de cristal. Toma el teléfono, que está generalmente a su derecha, y se comunica con el visitante que, al otro lado del mismo cristal, descuelga otro teléfono. No pueden tocarse. Solo colocar las manos juntas pero separadas por un centímetro de vidrio transparente. Todas las mesas de la oficina tienen ahora una mampara de metacrilato que protege al trabajador de cualquier interlocutor que se siente enfrente. Para evitar que pueda darle cualquier arma o cualquier objeto no autorizado. Para evitar contagios.

No todos los negocios han vuelto a abrir. Los comercios que lo han hecho están vacíos. Como si albergasen una porción de miedo inexpugnable. También los bares tienen medidas muy restrictivas. Apenas hay gente en las terrazas. La mayoría jóvenes. En cierta forma, la paranoia es mayor cuando el enemigo es invisible. La bayeta que limpia la mesa. El camarero que manipula su mascarilla. Los aperitivos. Un simple café. Todo lo que nos llega de otro ofrece dudas. Como si nos intentaran engañar. La psicosis es lo más viejo de este mundo nuevo.

6

Afirma Defoe en su libro «Me han preguntado
con frecuencia, y yo no siempre sé dar respuesta
adecuada a ello, cómo era posible que circularan
libremente por las calles tantos apestados, cuando se buscaban con tanto rigor las casas conta-
minadas, y todas ellas se hallaban clausuradas y
vigiladas». Es justo la sensación de ahora, la gente
asintomática, la gente que se desconfina antes de
tiempo. La gente que no llega a confinarse aun
enferma. La gente que se coloca la mascarilla de-
bajo de la boca y fuma todo el tiempo, como si
fumar fuera una bula.

Es como un adiestramiento. Parece que fue ayer,
pero pasan las semanas. Toda costumbre en un
determinado momento fue un solo acto. Muchos
actos espontáneos se convirtieron en costumbre.
Los consejos convertidos en ley. No coger un ascensor. Si es posible no cogerlo jamás. A fin de
cuentas, incrementa el saludable hábito de subir
escaleras. Y la desconfianza, mirar con desconfianza a los animales, a los objetos, a las personas.
No coger un ascensor. Siempre entrabas y te po-

nías frente al espejo para ver cómo lucías antes de llegar al destino en el corto trayecto de subida. O de bajada. Nunca coger un ascensor.

La distribución de Rayleigh es una función de distribución continua dentro de la teoría de la probabilidad y la estadística. El oleaje podría representarse mediante un gráfico que aglutinase las funciones de periodicidad e intensidad. Cada siete olas una es más alta. O cada diez. El mar tiene sus caprichos. Estamos en las olas de la monotonía, aquellas que resultan casi imperceptibles. Ningún surfista las quiere. Cada siete o diez habrá una mayor. A mayor altura, mayor intensidad. La pandemia y el oleaje.

Si quieres tener otro hijo, este es el momento. Así la veía, casi como un vientre de alquiler. En 2014, B. pensó que no quería que su hijo se quedase solo. El mundo que la rodeaba era lo suficientemente gris como para abandonarlo. Fue la última vez que entró en ella. Sin una sola muestra de afecto. Como un animal. B. lloraba encerrada en el cuarto de baño mientras hablaba al hijo que llevaba en su vientre. No sabe qué será de ella y de los chicos, y no querría por nada del mundo que sus hijos crecieran aquí. Este año ha cumplido cuarenta y seis el día de San Antonio.

A principio de junio, las muertes oficiales por coronavirus en España superaban las 27 000. Pero son numerosos los informes que apuntan a la irrealidad de la cifra. Autopsias no realizadas, fallecimientos aparentemente naturales de personas de avanzada edad, síntomas contradictorios. En esas mismas fechas, la Asociación Española de Profesionales de los Servicios Funerarios publica un informe donde eleva la cifra por encima de los 43 900. Le pregunto a Daniel, el más científico y estadístico de todos mis amigos, cómo es posible determinar los fallecimientos por CO-VID-19 en África, donde los datos son siempre cuestionables. Me muestra unos gráficos con la abrupta diferencia de defunciones entre el año anterior y este. Los muertos no mienten, me dice.

La Federación de Béisbol de Institutos de Japón decide cancelar el torneo de primavera. Siempre suele celebrarse cerca del *hanami*, fiesta del cerezo en flor. Este año los equipos seleccionados jugarán partidos amistosos sin público en el estadio Kōshien. Todos los campos de fútbol de Europa lucen igual. Los jugadores en la cancha. Los graderíos recubiertos con lonas donde aparecen pintadas las caras del público. En el eco solo reverberan las voces de los jugadores y el entrenador. No hay personas. Como reza el título del libro de Julio Llamazares, tanta pasión para nada.

Silbo ha ladrado de nuevo. Pasa días enteros en el piso. Todo ha vuelto a su ser. Casi no oigo a mis vecinos. A veces, si subes al rellano del tercero, huele mal. Se ve que cuando termina la cuarentena para el mundo, empieza para él. Sine die. Ad infinitum. Los perros y los niños no eligen el hogar al que van. A veces imagino que mis vecinos abren la puerta de la vivienda y el perro los acorrala dentro de ella. Por algún mágico conjuro, los encierra y se marcha a pasear tranquilamente. Como un señor en domingo. Luego, oigo ladrar a mis vecinos.

Hace justo cuarenta años se creó la CNN, el canal de noticias norteamericano. Durante su existencia han sido famosas sus coberturas, como las de la Guerra del Golfo, los atentados del 11 de septiembre o las elecciones presidenciales de los EE. UU. en 2008, las primeras ganadas por un afroamericano. 3M, Minnesota Mining and Manufacturing hizo su primera venta en junio de 1902. Se dedicaba a la extracción de corindón. Ahora es una multinacional que comercializa diversos productos como cintas adhesivas o pósits. Adaptarse a los tiempos siempre asegura la supervivencia. Ahora no hay que desplazarse a ningún punto caliente del planeta. Todo el globo es un campo de batalla, una noticia global.

Hemos tardado varias semanas en preparar el campo. Desbrozar toda la maleza que había crecido en el confinamiento; segar, abonar y curar el césped; acondicionar los caminos; abrir y limpiar la piscina. Este verano será distinto. Muchos españoles no saldrán de sus lugares de residencia. Unos porque llevan meses sin ingresos para hacerlo. Otros, simplemente por miedo. Durante este verano se reducirán los viajes. Somos afortunados, al menos, de contar con este refugio. Todo parece una tensa calma. Una espera misteriosa.

Según la prensa, el confinamiento ha incrementado los índices de lectura del 50 al 57 %. También el tiempo de lectura semanal. De seis horas y cincuenta minutos a ocho horas y veinte minutos. El incremento, como es habitual, mayor en las mujeres. También en los jóvenes. Si consideramos que ha estado confinado el 100 % de la población, es probable que 7 puntos porcentuales no sean un logro tan significativo. La media de libros leídos en ese periodo fue de cuatro. Es decir, habría gente que leyó siete y gente que leyó uno. Quizá los cuatro eran muy voluminosos. Seis pandemias más, y desaparecerán los planes de fomento de la lectura.

Sigue muriendo gente de cáncer. De enfermedades cardiovasculares. De complicaciones hepáticas. Quizá más que antes. La atención médica es toda telemática. Una especie de gran hermano asistencial. O todo o nada. Bajan los accidentes de tráfico, las afecciones respiratorias no relacionadas con la COVID-19, la delincuencia. El mundo tiene su equilibrio, aunque no lo veamos. Roto este, todo ha de recomponerse. El Premio Princesa de Asturias de la Concordia 2020 se le concede a los sanitarios. ¿A qué parte del premio cabrá cada uno? La gestión política y los aplausos no pudieron protegerlos de la pandemia.

El prefijo re- puede tener, según el DRAE, varios significados: 1. Repetición (reconstruir), 2. Movimiento hacia atrás (reflujo), 3. Intensificación (recargar), 4. Oposición o resistencia (repugnar). Generalmente, en cada palabra denota un significado concreto: repetición, movimiento hacia atrás, intensificación, oposición o resistencia. Creo que la palabra *rebrote* los tiene todos.

Nunca puede uno estar al cien por cien seguro de nada. Cualquier información, a partir del segundo transmisor, sufre modificaciones, muta. La era de la información en la que vivimos es, paradójicamente, la época de mayor desinformación. Todo sobreabunda y nos llega por los mismos canales. Lo real y lo ficticio, lo bueno y lo malo. La distinción a veces ni siquiera depende del individuo. Hay negacionistas del holocausto, de la pandemia, de la esfericidad de la tierra. Todos, en algún momento, se consideraron engañados. En Brasil, a vista de dron, se ven los campos de tumbas cavados en la arcilla roja del terreno. Como la colmena que espera la llegada del enjambre. La dimensión amazónica de la muerte.

Siempre que entra el verano nos sacude cierta sensación de irrealidad. Las noches se acortan con una mezcla de vitalidad y ganas de vivir. Las voces se alzan hasta tarde y las plazas tienen una vida prestada. Es como si el sueño resultase un refugio impertinente. Todo, absolutamente todo, se tiñe de un tamiz pasajero, los amores juveniles, las aventuras, los viajes. Nos relaja la idea de pensar que el verano entrante es la sanación del trabajo y la pesadumbre. Creemos, sin demostración ni ciencia, que el calor puede matar a las pandemias.

7

Cuando comenzó a trabajar en Marruecos, B. escuchaba que no era ambiciosa, que no ganaba lo suficiente, que otras ganaban más. No dejó de escucharlo nunca. Pero entregó hasta el último dirham de su sueldo para mantener el hogar. Pura austeridad. Siempre se levantó a las 5.30 para arreglarse, preparar la merienda de los niños e ir al trabajo. Regresaba a las 18.00. A veces más tarde. Luego hacía los deberes con los críos. Un día tras otro. Sin salidas con amigos, sin restaurantes, sin alicientes. Nunca le reconoció el esfuerzo, los días de tristeza, el sufrimiento. Para evadirse, B. anota en sus cuadernos datos sobre los emperadores romanos y colorea mandalas. Al verlo, se burla de ella. Solo posee sus plumas y sus libros. Todos los bienes están a nombre de él.

El 1 de julio Portugal y España reabren sus fronteras comunes. Estaban cerradas desde mediados de marzo. Antes de entrar en la UE eran dos países con las espaldas muy grandes y pegadas. Se ha organizado una ceremonia donde asisten los presidentes del gobierno y el rey de España.

Como si viniésemos de nuevo de la Guerra de las Naranjas y el tiempo hubiese hecho olvidar el sonido del último disparo. Como si nos hubiésemos descubierto de repente. Esta vez era la fraternidad la que iba cargada de armamento. La vecindad, el turismo, los seres humanos.

Hemos desarrollado una sensación que oscila entre el miedo y el prejuicio. A coger la manguera del surtidor de gasolina de una estación de autoservicio. A colocar unas monedas en el parquímetro. A recibir el cambio en un supermercado. A sacar la tarjeta del cajero automático, a marcar el número secreto en ese mismo cajero. A sentarnos en el banco de donde se acaba de levantar alguien; incluso a sentarnos en el banco vacío. A destapar el contenedor de basura. A abrir la puerta de acceso al garaje. A pulsar el timbre, la luz del portal, el botón del ascensor. A firmar con un bolígrafo no propio. Al ratón del ordenador, al teclado. Hemos desarrollado una aversión al sentido del tacto.

Primero se limpió y rastrilló la arena de la playa. Después se hicieron las mediciones. Tanto de largo por tanto de ancho. Una cuadrícula dividida en más cuadrículas. Es decir, un sistema de parcelas. Cada parcela para una unidad familiar. A la distancia de seguridad conveniente. Con pasillos de seguridad lo suficientemente amplios. Desde lejos parece un laberinto diseñado para los juegos de niños. O un tablero de ajedrez. No hay alegría en las playas. Esto se ha repetido por toda la geografía. Aparecen fotos en los periódicos continuamente. Estoy en Sanxenxo. Toda la gente que toma el sol está fuera de las parcelas. Nadie habita casas imaginarias.

Paseamos por la cala de Aguete, en Marín, Pontevedra. La playa tiene bastante gente, pero la distancia entre cada asentamiento es suficiente. Uno puede sentir cierta sensación de normalidad. Estas vistas nos son muy familiares. No en vano venimos a Galicia cada poco tiempo. Y casi siempre frecuentamos los mismos lugares. Dirigiéndonos a su pequeño puerto, vemos una congregación de, al menos, cien jóvenes apiñados para la fiesta en uno de los espigones que conforman la bocana del puerto. Algunos, los más atrevidos, hacen la caída desde el muelle al agua. Unos cuatro o cinco metros. La música está alta. Bailan, se tocan. Deben de ser las seis de la tarde. Lo que pasa en el mundo no debe ir con ellos.

Hemos aprendido lo que son actividades esenciales y no esenciales. O las que son no esenciales, pero pueden recuperarse en un corto periodo de tiempo. Luego están las que no se sabe si habrán

desaparecido para siempre, como la cultura. Prio-
rizar es normal. En tiempos de guerra los recursos
son limitados. Uno percibe que, en determinadas
coyunturas, se aprovecha para desechar lo que era
un estorbo. En cierta forma, nos asalta la duda de
si estamos al comienzo de una de esas asépticas
sociedades futuristas donde todo es mecánico y
programado. Se necesita perspectiva, justo lo que
el hombre no tiene. La humanidad tiene perspectiva, el hombre, no.

Hace justo un año estábamos en Alsacia. Y en
la Selva Negra. El pequeño pueblo donde nos
quedamos, Ammerswihr, emergía entre viñedos.
Por las tardes, un silencio amable se apoderaba
de todo, y parecía el paraíso perfecto para el descanso. En Alsacia, como en casi toda Francia, hay
numerosas placas y memoriales con los caídos de
cada población en la Primera y la Segunda Guerra Mundial. También con los deportados a campos de concentración. Ninguno sabíamos en ese
momento que Alsacia sería una de las regiones
francesas más asoladas por la pandemia. Ninguno sabíamos que quizá, en los muros de las iglesias, fuera preciso recordar otra vez a los caídos.

El turismo es uno de los motores de la economía
española. También de la francesa, de la británica
y de la norteamericana. Pero ellos tienen sus es-

tructuras productivas más diversificadas y dependen menos de las playas. No estamos preparados para el frío. Para ningún tipo de frío. Los economistas opinan que solo los españoles podrán salvar su temporada. Hay recomendaciones de no viajar a España. Este año se escucharán menos idiomas. Como si en Babel volvieran a poner la primera piedra de la torre. El miedo es un turista que no necesita pasaje de avión.

El vecino del cuarto se ha trasladado a vivir al campo. Tiene tres hijos. Dos de ellos pequeños. Está divorciado. Mi vecino es previsor. Opina que vendrá otro confinamiento y que, cuando eso ocurra, no querría pasarlo con los críos en un piso de ochenta metros cuadrados y sin poder estirar las piernas. Una locura. Además, es más seguro aunque haya que regresar al pueblo para comprar en los supermercados. Aislamiento al aire libre. Los vecinos que viven en el campo justo enfrente de mi parcela han pasado todos la COVID-19.

El artificiero se acerca al paquete que contiene la supuesta bomba. Lleva un traje protector que reviste todo su cuerpo. Que lo aísla y protege de las esquirlas de una posible detonación. Su rostro lo cubre una pantalla similar a una escafandra que hace la misma función, pero que le permite ver y actuar. Cuando abro los ojos, una luz intensa no me deja diferenciarlo todo con claridad. Siempre me pasa en el dentista. La odontóloga y la auxiliar, cuyas cabezas parecen flotar sobre mi boca, van vestidas de artificieras. No hay rastro de piel. Solo los ojos detrás del *niqab*.

Telefónica (también otras operadoras de telefonía) han mantenido, incluso aumentado, sus plantillas. Durante estos meses han conseguido el pleno rendimiento de la conectividad y la red de telecomunicaciones. Para que todos nos adaptáramos a los tiempos, para que todos funcionáramos de la nueva forma requerida. Los albores de un mundo automático y aséptico. También para que todos estuviéramos unidos por unas invisibles ondas electromagnéticas. Me pregunto qué tipo de ondas vale para secar una lágrima, o para sentir el latido de un corazón; o para descubrir todos los jeroglíficos de una mirada.

Algunas relecturas de estos meses de pandemia. *Ficciones*, de Jorge Luis Borges, *Tratado de urbanismo*, de Ángel González, *Trafalgar*, de Benito Pérez Galdós, *Diario de Sintra*, de Spender, Auden e Isherwood. También otros libros que estaban pendientes. *El balcón de invierno*, de Luis Landero, *Pornografía*, de Manuel Arranz, *El hombre en busca de sentido*, de Viktor Frankl, *Los domingos de un burgués en París*, de Guy de Maupassant, *Amores en fuga*, de Bernhard Schlink. Y algunos libros de amigos. Los partes de caídos. Los partes de caídos. Los partes de caídos. Nunca se debe dar la lista completa de nada.

De los 154 titulares del 30 de julio de 2020 que el *Wall Street Journal* guarda en su hemeroteca, 29 contienen la palabra pandemia, coronavirus o vacuna. Buena parte del resto de artículos está relacionada con los temas anteriores. Teletrabajo, confinamiento, quiebras empresariales, inmunidad, cuarentena… Un día al azar. Desde hace meses, la historia del mundo parece haberse acrisolado en una única y machacona noticia. Siempre recuerdo el dicho latino, *gutta cavat lapidem non vi sed saepe cadendo*. Las tablas de multiplicar se aprendían así. Es como si hubiésemos dejado de existir, como si el virus hubiese infectado cada uno de los poros de la información que nos llega.

Las colas. Las colas frente a las casas de ayuda. Las colas para comer, para mendigar, para subsistir. Las colas que muchos de quienes esperan jamás imaginaron rellenar. Las colas que doblan la manzana, y la manzana próxima. Las colas que tampoco tienen nombres y apellidos sino rostros anónimos que viven a nuestro lado. Las colas que se multiplican como lo hace el virus, porque pandemia, desde que la Humanidad existe, es una palabra polisémica, significa muerte, pero también enfermedad, desolación, hambre, destrucción, tristeza.

8

El hábito también es frecuencia. Todos los seg-
mentos se han acortado. Paradójicamente, las
distancias se han alargado. Echo de menos la frecuencia. También el hecho aislado. Echo de menos Madrid, Lisboa, Londres, Gijón. Todos mis
pequeños refugios recurrentes. Echo de menos ir
a Cáceres, a Badajoz, a Mérida a comer con mis
amigos. Más que conocer nuevos sitios, añoro
mis sitios. Las distancias cortas ahora son largas.
Las distancias largas son un dibujo abstracto en
un mapa. Desde marzo, hay una forma distinta
de trazar las coordenadas de un punto. Es como
si ya no nos sirviese la trigonometría aprendida.

Deberíamos estar en el concierto de Sting. Iba
a celebrarse en el albergue municipal de Mérida. Deberíamos estar saltando con la música, ro-
deados de gente que saltara con la música. Yo he
visto al componente de *The Police* ya en dos ocasiones. Mi hijo, no. Deberíamos estar saltando mi
hijo y yo, y una tercera persona no determinada
a la que jamás le ofrecimos la entrada. Siempre
compro las entradas de tres en tres, por si viene

alguien más. Son las que adquirí en febrero. Me pregunto a qué lugar van a parar todos los planes rotos, todos los planes que hacemos y se evaporan o frustran. Deberíamos estar saltando.

A B. no le gusta lo que ve a su alrededor. Suciedad y miseria. Cuando viaja cada mañana hacia la empresa farmacéutica donde trabaja, los arrabales de la ciudad le muestran la realidad; el mundo donde quisieron integrarla, la hipocresía más absoluta. Ve a seres mugrientos que no tienen qué comer, a asistentas que trabajan por sueldos míseros, a gente que no sabe leer ni escribir. B. sabe que hay dos países, el 98 % lo forma la gente humilde que da nombre a las cosas. El 2 % restante es la sociedad ciega del paraíso de cristal. A B. le da náuseas hablar de perlas frente a los estercoleros. Marruecos es esa mentira que se vende a los occidentales.

Regreso a casa andando desde el campo cada tarde. A veces incluso hago el trayecto de ida y vuelta. Son apenas cinco kilómetros en cada sentido. Poco más de la mitad entre sembrados de maíz y tomate. En esa parte no llevo mascarilla. Me la coloco en la muñeca para cuando salga a la carretera, ya en las inmediaciones de la población. Miro los maizales y las tomateras, la humedad del riego en las vegas por la tarde. Es la misma sensación que otros veranos. Siento la gravilla bajo los pies y el tacto de alguna piedra en las manos. Como siempre. Al terminar el camino, me coloco la mascarilla. Como nunca.

El 6 de agosto Hiroshima conmemora el 75 aniversario del lanzamiento de la bomba atómica sobre la ciudad. Un hecho del que la Humanidad no puede sentirse orgullosa por mucho que aquello pusiera fin a la Segunda Guerra Mundial. Se estima que unas ochenta mil personas murieron instantáneamente con la detonación. Justo la mitad de los estadounidenses que el 6 de agosto, setenta y cinco años después, habían fallecido por la pandemia.

Un mosquito pica a un ave infectada y, posteriormente, lo inocula en una persona. Durante los meses de más calor el campo está lleno de mosquitos. También los hay en la ciudad. Las personas que contraen el virus no suelen presentar síntomas o presentan síntomas leves. Fiebre, dolor de cabeza, dolores de cuerpo, erupción cutánea o ganglios linfáticos inflamados. Eso sí, si llega al cerebro puede ser mortal. Encefalitis, meningitis. En medio de las noticias sempiternas sobre una pandemia se cuela el virus del Nilo. Los egipcios. Leo una noticia sobre un antiguo remedio contenido en los papiros que puede ser la prescripción para el coronavirus: la colchicina ($C_{22}H_{25}NO_6$), el azafrán bastardo. Después, como si fuera la guarnición de un plato de carne, en Sudamérica se declara un brote de sarampión.

Este año las multitudes no van a la Meca. No existirá el masivo flujo circular en torno a la Kaaba. En cierta forma, Dios se toma su descanso. Asisto al funeral de un familiar. Hacía tiempo que no entraba en una iglesia. Los bancos tienen unas cruces en forma de aspas donde está permitido y no sentarse guardando unas distancias de seguridad. Cuenta la tradición que, en Patras, Grecia, San Andrés fue martirizado en una cruz de este tipo. En las catacumbas, los primeros cristianos se agolpaban para protegerse, pero también para sentirse unidos. Hemos aprendido a no acompañar a los muertos.

Como un mapa de castros celtas desperdigados por la Península Ibérica. En rojo. Latentes en las pantallas de televisión. Más concentrados en unas zonas; más dispersos en otras. También la España vacía parece reflejarse en esta representación. Como si tratáramos de reproducir asentamientos de hace muchos siglos y sus núcleos más importantes. Son poblaciones con confinamientos selectivos. No siempre sabemos a qué obedecen los números de corte. Poblaciones pandémicas dentro

de una tensa espera. Como asentamientos tartési-
cos que jamás aparecerán en los libros de historia.

De todas las verdades que puede alcanzar un ser
humano, solo hay una que no admite discusión:
la inexistencia de aquellas que se presumen abso-
lutas. La única certeza es que, con certeza, nada
puede conocerse completamente. Este relativis-
mo atañe incluso a la ciencia o, quizá, a la ciencia
con más razón. Para el New York Times, el sistema de ventilación del metro es mejor que el de
cualquier restaurante, escuela o lugar cerrado, según los expertos en aerosoles (¿quién hasta ahora
había pensado en un experto en aerosoles?). El
75 % del aire del subterráneo es reciclado. El otro
25 % proviene del exterior. Ese sistema protege
contra la asfixia, pero no se puede garantizar que
proteja contra un habitante invisible. De todas
las certezas, las que el ojo no ve suelen ser más
difíciles de creer (véase, Juan 20:24-29).

Se dice *mascarilla* en español (en Argentina, Chile, Colombia, Cuba, Estados Unidos, México,
Uruguay y Venezuela, también *cubreboca* o *tapabo-
ca*). *Mask*, en inglés, *masque* o *bavette*, en francés;
en portugués, *máscara*. *Mundschutz*, en alemán; en
árabe, *cumama*. Los ojos de un vietnamita ven el
rostro de un coreano. Los ojos de un danés ven
el rostro de un ruso. Los ojos de un israelí ven el

rostro de un libanés. Los ojos de un sudafricano ven el rostro de un ganés. La moda ha reducido el número de pasarelas. Los diseñadores, como todo el mundo, viven un momento de coerción. Todos los ojos ven los mismos rostros.

Daniel e Isabel vienen a pasar la tarde a la piscina con nosotros. Son de las pocas personas que nos han visitado. Parece ser que el coronavirus muere con el cloro. Todo en esta vida es cuestión de una dosis y una proporción. Hablamos del sempiterno tema. Ellos rondan la setentena. Se conservan mejor que bien. Han viajado por todo el mundo. Cada año. Era casi más fácil encontrarlos en un avión que en casa. Este otoño no podrán viajar a Argentina, su país de origen. Ven el futuro con escepticismo. Piensan que quizá, y a pesar de encontrarse en buena forma física, aquella vida se ha acabado para ellos.

El hombre se amolda a las circunstancias. Hay dos tipos de inventos. Los que atienden a una necesidad y los que la crean. Según la revista *Time*, la pandemia ha suscitado la creatividad: vapor con sales que evitan la multiplicación de virus y bacterias en la garganta (por lo visto, vital para la continuación de los rodajes en Hollywood); un carrito de luz ultravioleta que permite la eliminación del coronavirus en las superficies; un telé-

fono móvil que funciona sin tocarlo, un lavama-
nos portátil capaz de funcionar con tan solo una
botella de agua corriente y una pastilla de jabón.
Son algunos ejemplos. El artículo enumera cien.
Según la publicación, reúnen originalidad, creatividad, eficacia, ambición e impacto. Como casi
cualquier invento que se precie. Ninguna peste
cambió la dualidad de la necesidad.

La noción de ubicuidad ha mutado. Es desde
hace tiempo un elemento inherente al progreso.
Cualquier ciudadano de a pie podría estar casi en
cualquier sitio y a cualquier hora. Por la mañana,
asistiendo a la firma de un contrato en Sevilla.
A mediodía, comiendo en Madrid. Por la noche,
durmiendo en Estocolmo. Ahora la ubicuidad se
mira con extrañeza. Quien no renuncia al esta-
tismo puede albergar a un enemigo. Dice Defoe
en su libro: «Pero volvamos a los viajeros. Allí se
contentaron con interrogarlos, y como más parecía que venían del campo que de la ciudad, se
encontraron con que la gente los trataba mejor;
les dirigían la palabra, los hacían entrar en una
taberna donde estaba el alguacil con sus guardias,
y les daban de comer y beber, lo cual los recon-
fortó y alentó mucho; y allí se les ocurrió pensar
que cuando volvieran a interrogarlos más adelante dirían, no que venían de Londres, sino del
condado de Essex».

Paso un fin de semana en Hoyos con mi amigo Eduardo. Voy solo. Creo que es el primer fin de semana que salgo desde que estuve con la familia en Galicia a principios de verano. Acostumbrado a viajar cada mes, me embarga una sensación extraña, quizá la de quien hace con inseguridad lo que antes hacía con llaneza. Todo parece ahora un territorio de combate. Afortunadamente, el paisaje, las gargantas cristalinas y gélidas y la belleza del entorno nos hacen olvidar, por unas horas, que estamos amenazados. Eduardo comienza una nueva vida. Tiene una biblioteca preciosa. Es la mejor arma que se puede tener para afrontar retos que llegan cuando uno se había olvidado de ellos.

9

En el patio del colegio han pintado hileras de puntos redondos con una distancia de metro y medio entre cada uno de ellos. Es para formar las filas a la entrada por las mañanas. También a las puertas del comedor escolar. Durante el servicio militar, en la instrucción de orden cerrado, la compañía se alineaba en tres secciones. Estas, a su vez, se dividían en pelotones. Las filas de soldados que formaba cada uno de ellos iba en orden decreciente de estatura. Entre hombre y hombre mediaba la distancia del brazo extendido. Los niños tienen los brazos pequeños. Y la sonrisa grande. Cuando salen, no hay ningún orden cerrado. Y la sonrisa aparece detrás de las mascarillas.

Mi padre contrae la enfermedad. Es la primera persona de la familia. Tiene muchos de los síntomas: pérdida de apetito y peso, ausencia de paladar, fiebre, mal cuerpo, tos seca, dolores musculares. Afortunadamente, no padece insuficiencia respiratoria. Permanece en casa. Mi padre tiene Alzheimer. Realmente tampoco sabemos con total seguridad cuáles son sus síntomas. No los expresa con claridad, es preciso descubrirlos. Mi madre tiene que luchar con él las 24 horas del día. Que no toque nada, que no cambie las mascarillas, que solo use unos cubiertos, que ventile las estancias. No es capaz de aprender nada de lo que dice. En mi casa estamos todos confinados. No podemos ayudarlos. Solo llamar por teléfono con frecuencia. A los pocos días, a cientos de kilómetros, en Tudela, un primo mío da también positivo en COVID-19.

Reinheitsgebot es lo que en alemán significa «la ley de la pureza». La cerveza debe contener solo tres ingredientes: agua, cebada malteada y lúpulo. El primer decreto regulatorio apareció en 1516 y fue dado por Guillermo IV de Baviera. Guillermo no vivió demasiado, apenas 42 años. Pero esta regulación duró hasta los años ochenta del pasado siglo, cuando la Unión Europea intervino en el asunto. No obstante su pronta muerte, tomaría cerveza en abundancia. Este año Múnich no celebrará la Oktober Fest, que se prolonga hasta octubre. Desde 1810, solo las dos guerras mundiales impidieron su celebración. Y esta guerra contra un ejército sin uniformes.

B. no aguanta más. Tras una agria discusión ha pedido divorciarse. Es el peor momento, cuando las fronteras están cerradas, cuando nadie acudirá en su ayuda. Sabe que nada será fácil. A partir de ahora todo se volverá irracional y complejo. Sabe que no obtendrá la más mínima colaboración. Sabe que lo que podría ser un acuerdo sencillo, con él apenas ha sido una declaración de guerra. Siempre demostró ser un egoísta testarudo, controlador e insultante. No puede abandonar el domicilio. No tiene a donde ir. Su familia está a mil kilómetros. Es una isla sitiada por una marina de guerra. Solo le resta cerrar los ojos. Aguantar como un soldado en su pozo de tirador. Como la 101ª Aerotrasportada en la Batalla de la Ardenas. No rendirse.

El hombre tiende a programarse, a intentar diseñar un futuro, inminente o lejano. Esto lo diferencia de los animales para los que el futuro no existe y el pasado solo es una acumulación de instintos mecánicos, una mera adquisición de habilidades. Cuando pensamos en cómo será el trabajo, la escuela, los compromisos en la agenda de un mes, apenas apuntamos el recordatorio de certezas que configuran un plan. Ahora los planes pueden ser desprogramados en un día, en una hora, en unos minutos. El contagiado que aparece en la oficina, en la familia, en la clase. Y los protocolos. Cambiantes, pero inclementes.

Dentro de un triángulo de plástico se colocan las quince bolas numeradas. Todas con franjas o colores que se repiten. Menos la número ocho, la negra. En el centro de una de las mitades de la mesa de billar americano o *pool*. Luego, sobre el centro de la otra mitad se coloca la blanca. El jugador que hace el saque golpea con el taco esta última para deshacer la formación. A partir de ahí, cada jugador ha de enclaustrar sus bolas en las troneras. Pero en muchas ocasiones, sin intención, unas bolas golpean a otras mientras corren en la dirección pretendida. Y se tocan bolas que no eran el objetivo. En una visión cenital, al principio, impera el caos. Como el golpeo de una pandemia. Una segunda ola.

Uno lleva meses imaginándoselos. Con listados interminables, anotando teléfonos de gente a la que no verán jamás. Personas que, cuando las llaman, se lo toman con calma, o se sienten angustiadas, o ya no se encuentran bien, sino con síntomas de una peste que aún no llega a conocerse del todo. De la que se aprende cada día. Y pasan a una base de datos como la huella de la res en el barro. Para los gauchos, el rastreador era aquella persona capaz de seguir la pista de personas o animales a grandes distancias. Como Légolas, el elfo de *El señor de los anillos,* o Aragorn, el rey que retornará. Apenas escuchando en la roca viva, oliendo partículas en el aire o divisando el horizonte. Tanto en la realidad como en la ficción, rastreado y rastreador no se ven, solo se saben.

Todo tiende a relajarse. Las obligaciones, los deberes, las recomendaciones. Hay un dicho popular que afirma que cuando falta el gato, los ratones bailan. La vida busca la distensión porque el hombre se aviene siempre a lo fácil. Las reglas de algunas órdenes monásticas, como la de San Benito, surgieron por la relajación de la vida en los monasterios. El rigor necesita método. En primavera, el níquel, el cuproníquel, el latón y el cobre de las monedas de euro verdeaban en las casas al dejarlas dentro de agua con lejía. Los billetes de las farmacias estaban lavados. No sabemos si aquello valió o dejó de valer. No sabemos qué dormía en el color del dinero.

Son esas hileras de coches. Entran por los circuitos diseñados en los hospitales. O en carpas cercanas a recintos feriales o polideportivos. Sin necesidad de bajarse de los vehículos. Solo la ventanilla. Entonces se acerca personal sanitario provisto de EPI y saluda. Solo inclinar la cabeza hacia atrás y notar cómo introducen un largo bastoncillo en la nariz. Y los pocos segundos se hacen eternos. Sobre todo si el ejecutante no es muy ducho o el ejecutado no alcanza el ángulo

adecuado. Una molestia, un escozor; a veces, ganas de toser. Los cribados. Una suerte de Gesta-
po sanitaria para segregar a los enfermos. Mi hija
lleva una incursión. Mi mujer y yo, dos cada uno.
Mi hijo lleva cinco.

El 15 de septiembre vuelve a superarse una cifra
de fallecimientos redonda en España. Los 30 000.
Pero nuevamente solo son cifras oficiales sujetas
a cambios y recuentos. Buena parte de medios
apunta a casi el doble. Toda la población de una
ciudad como Cuenca habría muerto en la pandemia de forma oficiosa. Las previsiones son doblar
esos 30 000 en pocos meses. Pero esos 30 000 son
ya un disfraz que enmascara la realidad. Cuando se controle la pandemia, más que nunca, los
muertos parecerán estar esperando a los vivos.

A veces los logros son una consecución inesperada. Quien encuentra que el dinero que invirtió en
el estudio de un doctorado resultó multiplicarse
en un premio. O la caja que envolvía aquel regalo
y que se llega a convertir en algo tan preciado y
útil como el regalo en sí. Una noticia del diario *El
País* cuenta que, durante el confinamiento, el des-
perdicio de comida se redujo en España sustan-
cialmente. Como si no poder salir nos indujera a
optimizar los recursos disponibles en los escasos
metros cuadrados de una vivienda. Como si, por

arte de magia, una de las secuelas del virus fuera la concienciación del hambre en el mundo.

Agotamos el verano y se respira la sensación del comienzo de algo. Conocido pero distinto. Todos soñamos ya con el próximo agosto, tórrido y festivo. Uno más entre todos los agostos de la vida de una persona. De esos que no quedan en el recuerdo sino en forma de tránsito pacífico. Con sus bochornos en el sur y su fresco en el norte. Con su arena y la catarata de noticias insulsas de lo que hace algunas décadas se llamaba la *jet set*. Y también el olor de las fábricas de tomate. Si algo parece demostrado, es que el campo se asemeja cada vez más a la ciudad... o a la inversa. En los telediarios, se anuncia el invierno con demasiada antelación.

El planeta está habitado por unos 7 600 000 000 de personas. La superficie de tierra de nuestro planeta es de 148 940 000 km². Es decir, cada habitante podría tener 0,0196 km² (es decir, casi dos hectáreas). Suficiente para cumplir con la distancia social. Claro que no toda la superficie térrea es habitable. La mitad se dedica al cultivo; otra buena parte es montaña o está cubierta por hielo. Habría que reducirla a la mitad. Y tampoco hay una distribución uniforme. Leo un artículo de 2014. Afirma que en breve necesitaremos un planeta y medio. Parece claro que el medio que falta no vendrá, ni nos lo regalarán, ni acaso podamos descubrirlo. La naturaleza tiene sus mecanismos de ajuste. Incluso cuando los expertos no se ponen de acuerdo si un virus es o no artificial. Debe haber dos metros entre las mesas de cafetería, dos metros entre una cosa y otra. Medir.

Comienza la primavera en el hemisferio sur. Al principio, todos pensamos que las estaciones modificarían el humor de la pandemia. Los entrenamientos de los paracaidistas contemplan el clima. Que el soldado no se vea perturbado por el calor, por el frío, por la lluvia, por cualquier elemento meteorológico. Que sobreviva. Todo ha quedado uniformado. Como si hubiésemos hecho desaparecer las estaciones, como si hubiésemos globalizado nuestras trincheras y el enemigo fuera aséptico, imperturbable, poco romántico.

10

Después de tres semanas, mi padre ha mejorado. Durante este tiempo nadie de la Seguridad Social se ha puesto en contacto con él para comprobar su evolución. Ha sido preciso pedir favores y llamar una y otra vez para preguntar por los pasos a seguir o reclamar que se hicieran las pruebas para determinar su estado de salud y el de mi madre. Los protocolos, dicen, cambian a diario. Dos enfermeros vienen a casa para realizar los test nasales a mis progenitores. Varios días después, los resultados afirman que mi madre ha pasado el coronavirus y mi padre no lo tuvo jamás. Han cambiado los nombres de las tomas. Mi padre sigue vivo.

Los príncipes y presidentes también enferman. No existe la retaguardia. Ni las zonas de exclusión. Ni las franjas neutrales. No existen las coaliciones internacionales, ni los ejes, ni las ententes. Existe una cierta justicia distributiva. Alberto de Mónaco, el Príncipe Carlos, Boris Johnson, Trump, Bolsonaro, Macron… La belleza del cuerpo, la potestad, la elegancia o la arrogancia no suponen puntos en un examen imparcial. Resulta una pincelada acaso de poética democracia. Sin embargo, para ellos no habrá dificultad a la hora de encontrar un respirador, o una dosis de antiviral o un tratamiento analgésico. En la teoría de la selección natural, Darwin no hablaba de la manipulación genética o administrativa.

Mi hijo ha comenzado a estudiar filosofía en el instituto. Lógica. Las leyes fundamentales y las leyes de la lógica proposicional. Las premisas y sus conclusiones. En una situación anormal, una reacción anormal se convierte en una reacción normal. Y el efecto es multiplicador. Menos por menos, más. En una pandemia, verse y alejarse. Saludarse y no tocarse. Taparse la boca. No usar las manos. No reunirse. Ser un animal asocial. Todo lo habitual se traslada más allá del polo opuesto (x^{-3}). Mi hijo no necesita ejemplos, vive en ellos. Es lo que se llama «nueva normalidad».

Sean Connery había sido inmortal. Bajo esta condición era Juan Sánchez Villalobos Ramírez, espadero mayor del rey Carlos I de España. Había nacido hace 2437 años y había tenido tres mujeres. La princesa Shakiko había sido la última. Para un inmortal el amor es sinónimo de dolor. Lejos de esa condición inhabitual (quién sabe hasta cuándo lo será), fue nacionalista escocés y un actor consumado. Ha muerto este octubre a los 90 años, durmiendo, en su cama, pacíficamente. En las Bahamas, un paraíso fiscal. Se detuvo su corazón. En plena pandemia, recuerdo cuando Adso de Melk le pregunta, maestro, ¿crees que este es un lugar olvidado por Dios? Él responde, Adso, ¿conoces algún lugar donde Dios se haya sentido cómodo?

En la desembocadura del Río de la Perla, en el Mar de la China Meridional, se encuentra Hong Kong. Son más de 7 500 000 habitantes en 260 islas. Los trasbordadores los llevan de unas a otras. Después de Shanghái y algún que otro lugar más, cuenta con el puerto de contenedores más importante de Asia. Imagino la presión de todos esos contenedores, uno encima de otro. Y la presión de los rascacielos sobre la tierra firme. Y la luz cegadora y multicolor de las noches. Los rascacielos, los contenedores, los barcos. Curiosamente (esto quebranta cualquier ley física) a mayor superficie, menor presión. Los avistamientos de delfines rosáceos se han multiplicado este otoño en la bahía.

Gripe, legionelosis, parotiditis, enfermedades meningocócicas, hepatitis B, sífilis, tuberculosis, tétanos, brucelosis, rubeola, varicela, shigelosis, triquinosis, hepatitis A, fiebre tifoidea, paratifoidea, sarampión, tosferina, paludismo, tularemia. Todas estas enfermedades han caído bruscamente. Entre un diez y un ochenta por ciento. No existe el contagio. O no podemos contagiarnos. Dice el saber popular que los trabajadores autónomos no caen enfermos. O al menos no deben caer. Resulta llamativo que, en cierta forma, fuera deseable que reaparecieran. La escala de las preocupaciones es siempre una ecuación compuesta por el momento y la situación.

Los aeropuertos están abiertos. B. ha comprado tres billetes de avión. Para ella y para sus dos hijos. Después de casi un año, podrá volver a ver a su familia. Los niños saltan de alegría. Son su único apoyo. Hicham, Ben, Rola, Soufian, Riri, Driss, Sanae, Zayda, ninguno de los que fueron sus amigos durante tantos años está con ella. Está sola. Él vende lo duro que es esto y lo mucho que la quiere. También, que ella es una egoísta, que no piensa en nada más. Es fácil empatizar con un hombre triste. La maldad siempre sabe disfrazarse. Es un experto. Ninguno de aquellos sabe cómo es él dentro de casa. Ninguno sabe que desde pronto aprendió a humillarla, a rebajarla, a pretender convertirla en un objeto inservible. Está amparado legalmente. B. es un ejército de un solo soldado.

¿Dónde termina el optimismo y comienza la duda? ¿Dónde acaba esta y se impone el pesimismo? Quizá la duda sea la ausencia de hechos. La pura realidad es que no tenemos ninguna certidumbre. Hace siglos, las pestes suponían reducir a uno o dos tercios la población mundial. Había un deterioro económico evidente, pero, por decirlo de una forma gráfica, el pastel se repartía entre menos gente, la que quedaba. Ahora es al contrario. La pandemia no se llevará un tercio de la población mundial. Pero sí más de un tercio de la economía que la sustenta. Esta vez el pastel será más pequeño y mayor el número de supervivientes. Tenemos un escenario nuevo.

¿A cuánto puede reducirse un círculo humano? ¿Hasta cuándo puede aislarse una persona? Robinson Crusoe, el personaje creado por el mismo autor que escribió *Diario del año de la peste*, estuvo 28 años en la isla. Pero fue imposible mantenerlo solo, ni siquiera novelísticamente. La aparición de Viernes, aquel esclavo de los indígenas, rompió un aislamiento que había transformado la forma de sentir del personaje. Porque ni los personajes están diseñados para vivir en una zona de exclusión. No comunicarse es otra forma de mudez. Durante este año, el número de personas con el que nos hemos relacionado es, con carácter general, inferior al de cualquier otro momento de nuestras vidas. Y casi no hemos conocido a nadie. Me pregunto si cada uno de nosotros no necesita la aparición de un Viernes.

Existen guerras subterráneas, guerras de las que solo a lo lejos se escuchan tambores, de las que poco o nada sabemos. No parecen interesarnos, pero nos afectan. Son guerras que siempre se declaran por nosotros, como todas las guerras. Son guerras en las que no somos soldados sino víctimas colaterales y silentes. Tenemos que comer. Y parece que si estamos encerrados comemos más. Las grandes empresas alimentarias han incrementado sus ventas. Somos los mismos, aunque consumimos más. Ellos siempre están en guerra de precios, menos ahora. No es necesario, compensan con el aumento de la demanda. La lógica económica dice que el incremento de aquella eleva los precios. Una guerra dentro de una guerra. Un virus que se incrusta en los bolsillos.

¿Qué vale más, un hombre real, con nombre y apellidos, o una sociedad en abstracto? Un hombre se levanta, se encuentra mal, y tiene una edad avanzada. Pero su existencia pone en riesgo a un punto del sistema, es decir, de la sociedad. Viajamos de lo particular a lo general para no perder la perspectiva. Sin embargo, ese hombre es irremplazable. Cuando se discute sobre la pena de muerte, en el fondo, se discute sobre eso. Sobre el carácter irremplazable de ese hombre, especialmente si es inocente. Hay ahora dos hombres enfermos y una cama. Dos hombres moribundos y un respirador. Dos hombres que acarician la muerte y, quizá, solo una muerte en sorteo. El sexo, la edad, los hijos, los antecedentes clínicos. Todos los hombres o ninguno. Un hombre o nada.

Mi amigo José María me tranquilizó cuando comencé a trabajar en el año 2000. No te preocupes al ver una cuenta de resultados. A la izquierda, el *debe,* y a la derecha, el *haber*. No hay que interpretar mucho. Las cuentas de resultados también siguen el mismo esquema en momentos de pandemia. Caiga donde caiga la moneda, siempre tendrá dos caras. Los extremos potencian los sabores. En el *debe*: insolidaridad, desconsideración, avaricia, insensibilidad, egoísmo, deshonestidad, irresponsabilidad. En el *haber*: solidaridad, respeto, generosidad, compasión, empatía, honestidad, responsabilidad. Los cursos de ética también valen para las epidemias. Como los cursos de contabilidad.

Uno se pregunta si será de los elegidos. De los que no sienten, o de los que, sintiendo, sobreviven. O si simplemente no lo superará. Y no hay respuesta. Quizá una estadística magra que dice que apenas muere el 2,8 % de los contagiados. Y que dentro de estos, a mayor edad, mayor porcentaje. Pero hay casos de jóvenes. O de adultos no demasiado añosos. Y no puede establecerse una lógica. Es casi una cuestión de suerte. De mucha o poca carga viral. De alguna patología previa que estaba controlada, pero con cuya combinación resulta letal. O simplemente de una mejor atención. La mayoría pasa la enfermedad en casa. Ninguno sabe cómo vendrá.

Evadirse. Hay un camino hacia fuera y un camino hacia dentro. Ambos conducen a algo distinto. A un punto remoto que fija distancia con el presente. Casi podríamos decir que fija distancia con el yo. Pongo música. Casi siempre música de hace demasiados años. David Bowie, The Beatles, Mike Oldfield. También Haydn o Mozart. Y termina por construirse un mundo único y perfecto. Entre estas cuatro paredes de la biblioteca. Rodeado de libros y melodías. Cuando comenzó esto se rescataron algunas canciones para mantener alta la moral. *Keep calm and carry on*. Todas las industrias han sido tocadas y cercenadas. Es la economía de guerra. También las de la música. Es probable que este año no tenga banda sonora.

11

Vanuatu es un país insular perdido en medio del océano Pacífico Sur. En 1605 las islas que lo conforman fueron descubiertas por una expedición española. Pocas referencias hay en los libros. Después pasó a depender de la administración francesa e inglesa. Francés e inglés son dos de los tres idiomas oficiales. Su capital es Port Vila. Obtuvo la independencia en 1980. Los mapas con que estudiamos la EGB aún no recogían ese país. Antes los mapas tardaban en cambiarse. Hace pocos días se registró el primer caso de COVID-19. En la lengua criolla autóctona, *vanua* significa hogar, tierra. *Tu*, pararse. Todo cuerpo es un hospicio.

Juanra ganó la pasada edición del Premio Felipe Trigo de novela corta. Ha venido a recogerlo. Me regala un ejemplar de la obra premiada, *El síndrome de Diógenes*. No recuerdo la última vez que nos vimos y que estuvimos comiendo. Junto con Luis, en armónico triunvirato, era una de esas rutinas adquiridas no hace demasiado y que resultaba un auténtico placer. Reunirnos y comer dos o tres veces por año. De pronto, un cabo se desanuda, un eslabón de la cadena se quiebra. Un vaso se rompe. Y los tres somos meros espectadores. Nos tomamos una cerveza al anochecer en una terraza. La temperatura es baja, pero todo ha de hacerse al aire y en espacios abiertos. Como si cada paso debiese estar vigilado, como si hubiera riesgo de sedición.

Comienza a hacer frío. Durante los ochenta, cuando íbamos a la escuela, en clase solo había una estufa. Era de butano y estaba al lado de la mesa del profesor. Recuerdo el olor. Había algún docente que secaba sus pañuelos de tela allí. Matando todos los virus. Desde hace ya algunos años, un problema en la calefacción de cualquier escuela supone quejas a la dirección, a la consejería y, si no prospera el asunto, manifestación y algunos minutos en los medios. Hemos olvidado todo muy rápido, eso es el progreso, la facilidad para el olvido. Este año no habrá calefacción en ningún centro, y las ventanas deberán estar abiertas.

Las chicas que vienen a su casa a trabajar no duran demasiado. En la agencia, al marcharse, dejan dicho que Monsieur es insoportable, un déspota y un tirano. Desde septiembre, a B. la ha llamado de todo. Loca, puta, guarra, enferma. Le ha llegado a decir que es su mujer y que puede hacer con ella lo que quiera. Como si fuera su esclava. Luego trae unos bombones o hace alguna broma sin gracia. Claramente da muestras de un trastorno bipolar. B. tiene que cambiar para diciembre los pasajes que tenía para ir a España en noviembre. Él no ha dado la autorización para que salgan los chicos. Ella no puede abandonarlos. Sabe que ha sido secuestrada.

En las películas del oeste, la paz se firmaba con una pipa. Un indio ornamentado con esplendoroso penacho de plumas la pasaba a un piel blanca. Este, a otro indio o a otro blanco. Así en círculos alrededor de un fuego. Después de escanciar la sidra, el culín se bebe de un trago. Se deja un pequeño resto para arrojarlo por el lado que se ha bebido y así limpiar el vaso. Y pasarlo a otro. En Argentina y Uruguay se matea también en corro. Las líneas cerradas forman grupo. Las líneas abiertas implican distancia. El mate, el polvo, el agua del termo. Se succiona de la bombilla. Y se ofrece al siguiente. Los rituales. Los hábitos cadenciosos. La intimidad. La pandemia y todo lo perdido.

Alguien invita a un desconocido a cenar en casa. Dispone el mantel y la cubertería, la vajilla y las viandas. El invitado se sienta a la mesa. Después, la velada se alarga. Un postre, un café, una copa.

Algo de charla. Se ha hecho tarde y se queda a dormir. Ya descansado, sale por la mañana. Pero en algunos días vuelve a tocar al timbre. Aunque resulta raro, alguien lo había pensado. Quizá vuelva, lo atendimos bien. Y el extraño trae algo para agasajarnos. Comprometidos con el regalo, volvemos a invitarlo a cenar. Ya se sirve solo. Nos incomoda, no sabemos decirle que no. No todo el mundo está preparado para una negativa. Y se vuelve a hacer tarde. Y reconoce la cama donde durmió la primera vez. No sabemos a qué hora despertará. La segunda ola.

Lo que hace gobernable a situaciones nuevas es convertirlas en rutina. Es decir, que dejen de ser novedosas. Generalmente, por muchos protocolos que se diseñen para futuribles, resultan insuficientes a la hora de cubrir necesidades desconocidas. Las urgencias no se programan. Porque una cosa es diseñar una guerra sobre un mapa y otra cosa es librarla en el terreno. La diferencia entre una gran nevada en Finlandia y otra en España es que allí lo extraordinario es habitual; aquí es un protocolo en un cajón. Si una pandemia mundial ocurre cada cien años, ¿qué protocolo puede gestionar la casuística de la realidad? ¿qué cajón puede custodiarlo? Es la diferencia entre vivir en algo o esperar algo que vivir.

Hacia la segunda década del siglo xx, Valle-Inclán creó una concepción literaria llamada *Esperpento*. Con carácter general, un esperpento es una persona, situación o cosa grotesca o estrafalaria. No tan lejos de esto se encuentra el carpetovetonismo que otro autor, Cela, exploró algunas décadas después. La distancia entre Soria capital y Vitoria son 189 kilómetros. Poco más de dos horas de coche. Pero tres gestiones distintas de la pandemia en el mismo país. Tres franjas horarias de toques de queda, tres limitaciones de aforo, tres restricciones a los grupos familiares, tres consejeros de salud. Los muertos son todos iguales.

Compré un coche nuevo hace dos años. Nos encanta viajar. Con él hemos hecho algunos de nuestros viajes habituales: Galicia, Extremadura, Asturias, Madrid, Andalucía, Castilla. También otros más largos, Francia, Alemania y Suiza. Bastantes kilómetros para tan poco tiempo. A los vehículos hay que moverlos. Los coches mueren con el tiempo, pero también sin rodaje. Los circuitos se deterioran. Los neumáticos se deforman. Es como un círculo vicioso. Ahora el coche está siempre en el garaje. De vez en cuando bajo a arrancarlo. Otras veces hago algunos kilómetros por los alrededores. Si la población está cerrada, la circunvalo. Siempre voy solo y escuchando música. Tratando de imaginar cuando no era así.

Es la sensación de prolongación. Una especie de hastío lento pero cadencioso. La gota, tras la gota, tras la gota. Y nunca pasa nada; ni tampoco deja de pasar. La vida puede hacerse anodina y triste. Cuando comenzaron a llegar las series dinásticas estadounidenses, se prolongaban en emisiones durante años. Algunas a capítulo por semana. Otras a diario. *Falcon Crest*, *Dallas*, *Los Colby*. Luego, las telenovelas sudamericanas las reemplazaron. Nunca parecía pasar nada. Solo el capítulo primero y el último suscitaban acción. Entre medias, la reiteración y la expectativa. Ahora todo parece una sucesión de idénticos capítulos, donde la noticia es la misma, donde el romance es el mismo. Se ve lejano el inicio, y el final no llega a atisbarse.

Las ciudades han duplicado el uso de los vehículos particulares. En cierta forma, se han convertido en burbujas que nos aíslan de los demás. El transporte público es sinónimo de peligro. Las avenidas parecen conducir a extraños dentro de las carrocerías móviles de los coches. Es como si en el interior de ellos custodiaran a enfermos que no quieren contraer el mal, enfermos que se saben menos enfermos que los demás, enfermos que huyen hacia alguna parte. Lo que en otras ocasiones sería una estampa común, ahora es una metáfora del miedo.

Hoy no es el cumpleaños de nadie. De nadie en un círculo más o menos próximo. Hoy no hay onomástica, ni conmemoración, ni efeméride. Hoy es un día en el sepulcro numerado del calendario. Al levantarme compruebo que, nuevamente, se repiten los capítulos del programa de anticuario que ponen en no sé qué cadena. Las entregas del telediario matinal también son las mismas. Resulta iluso no pensar que esto podría ocurrir en cualquier mes de hace diez años atrás; o que ocurrirá dentro de veinte. En las paredes de una prisión, cada seis palitos se cruza uno. Es una semana. En el año de pandemia son las bolas de un ábaco. En el recuento, vamos por la tercera fila.

Lo cómico y lo trágico. Desde el teatro griego hasta nuestros días. Las máscaras que lo simbolizan. Blancas, negras o blanquinegras, arlequinadas, carnavaleras, etruscas. Lo trágico y lo cómico. Nunca o casi nunca van escindidos. Porque el ser humano es capaz de manifestar ambas situaciones… o fingirlas. Los animales no fingen. Lo trágico es la sospecha, el miedo, el prejuicio. Lo cómico, el hecho, la anécdota, lo absurdo. En su *Arte Nueva*, Lope decía *Lo trágico y lo cómico mezclado / y Terencio con Séneca, aunque sea / como otro Minotauro de Pasífae, / harán grave una parte, otra ridícula, / que aquesta variedad deleita mucho: / buen ejemplo nos da naturaleza, / que por tal varie-*

dad tiene belleza. La tos, el moqueo, el estornudo, que ya no son un simple catarro, que ya nos hacen huir, saltar, mirar como quien ve un leproso.

Se habla de curas, de pócimas, de vacunas. Gran Bretaña hace sus programaciones. La Unión Europea, las suyas. Por todo el globo se refuerza la esperanza de cada pequeño remedio. Quizá injustamente me vienen a la memoria las películas del oeste donde, sobre un carromato, un charlatán vende crecepelos. Era el siglo xix. Hoy los crecepelos siguen sin funcionar. Y los charlatanes tienen página web. No daremos nombres comerciales. China pone en funcionamiento su maquinaria para borrar la imagen del virus que nació en un mercado de animales vivos. No sabemos cómo será el *marketing.* De momento, la opción es que el devastador organismo proviene de la importación de congelados. Como en el oeste.

12

El mundo se ha quedado pequeño. Más pequeño de lo que lo fuera nunca. Más vulnerable. En diciembre de 2020 se informa de los primeros casos COVID-19 en la Antártida. En la Base General Bernardo O'Higgins del Ejército de Chile. Pongo un reportaje de pingüinos. Lo busco en *YouTube*. Todos se agrupan sobre los bloques de hielo. Parecen tentetiesos. Luego está ese *sketch* en que un pingüino golpea a otro con un bate de béisbol al pasar a su lado. Es como pasarse la pelota. Alguien golpeó a alguien y ese alguien fue a la Antártida. En aquel rincón comenzaron a golpearse unos a otros.

Existen mapas de todo. Hace poco encontré uno con aquellos países en que las personas se quitan los zapatos para entrar en casa. Siempre visualizamos la imagen de los japoneses descalzándose antes de pisar el tatami. Abren ceremoniosamente esas puertas de papel y ahí están, sin la impureza del exterior. Pero son muchos los lugares donde se hace esto, el Magreb, Arabia Saudí, la India, Irán. Y otros que nos sorprenderían más, como Alemania, Finlandia, Rusia o los países centroeuropeos. Es como si no permitiesen la entrada en el hogar de los malos espíritus o renegaran de la suciedad del mundo. Mi casa es mi castillo, dicen los ingleses, aunque estos no tengan costumbre de descalzarse. Hace meses que veo zapatos en las puertas de las casas o justo a la entrada. También en la mía. Hay costumbres que se adquieren de súbito y permanecen.

Mi amigo Juan Ricardo ha tenido siempre una salud de hierro. Ni tomarse una aspirina. Ha sido vital, libre, creativo. Se puede decir que ha vivido. A su manera. Siempre me ha gustado compartir ratos con él. Siempre me trató exquisitamente. Tiene veintiocho años más que yo. Hace no demasiado tuvo una afección cardiaca que atemperó un poco su ritmo de vida. Pero no perdió ninguna esperanza. Resistir es acoplarse. Solo vive quien se lo propone. Los creadores llevan mejor un encierro que los deportistas. Mi amigo Juan Ricardo dice que no es igual que te quiten un año de la vida a los quince que a los setenta y uno.

Hay una delgada línea entre la prohibición y la recomendación. Nadie consulta el BOE o los diarios oficiales. En Navidades cada comunidad autónoma tiene sus limitaciones, horarios, aforos.

España es más pequeña que el estado de Alaska o de Texas. Máximo número de comensales, de burbujas, de personas allegadas o no. Desde las televisiones llegan consejos y sugerencias, algunas de ellas transmitidas por las autoridades sanitarias; otras, por expertos. Otras, por supuestos expertos. Dejar la ventana del comedor entreabierta, sentarse al tresbolillo en la mesa. No pasar más de cierto tiempo con mascarilla, no pasar cierto tiempo sin mascarilla. Cómo usar los cubiertos de servir. Y no cantar villancicos.

Cosas que reafirman la vida: un simple paseo, el descubrimiento de lo que algún día soñamos. La sensación de experimentar algo como si fuera la primera vez y, sin embargo, supiésemos desde el nacimiento. Plantar árboles; en invierno, cuando se produce la expansión radicular. Hacer un corro. Reír, aunque la risa no se vea. Cerrar los ojos: la imaginación permite siempre el regreso a la felicidad. Por un segundo, saltarse la prohibición del abrazo. Planear cosas como antes, aunque sea en pocos metros. Aprender idiomas (recordemos a Sócrates con su clase de persa el mismo día que le administraron la cicuta). Saber que esperar no es para siempre.

Hasta el día anterior al regreso a España por Navidades, él no ha dado la autorización para que salgan los niños. Ella se lo ha recordado durante días. Y él ha aguantado hasta el final. La estrategia. Es el mismo maltrato psicológico que ha ejercido durante años. El maltratador vive de construir formas de tortura. B. respira. El olor de la tierra es diferente. El olor de la lluvia es diferente. El olor de los hogares es diferente. Todas las caras son reconocibles. Entra y sale durante todo el día. A pesar de la pandemia. Cuando llega el día del regreso, B. se muere de tristeza. No quiere volver. Sabe que lo que le espera en Marruecos no es bueno. Sabe que el calvario no ha acabado. Sabe que el infierno tiene el nombre de un animal, Mehdi, y el rostro de un lugar que se fue pudriendo en su interior.

La segunda acepción del Diccionario de la Real Academia Española para la palabra abrazar es «estrechar entre los brazos en señal de cariño». Para la palabra besar, la primera acepción es «tocar u oprimir con un movimiento de labios a alguien o algo como expresión de amor, deseo o reverencia, o como saludo». La segunda acepción parece menos táctil y más premonitoria, «Hacer el ademán de besar a alguien o a algo, sin llegar a tocarlos con los labios». Abrazar, besar, son verbos comunes. También, acciones humanas. El diccionario siempre tarda en actualizarse.

Hace 90 años, en diciembre de 1930, nació una persona anónima, de esas destinadas a no dejar rastro en la historia, la norirlandesa Margaret Keenan. Ese mismo mes y año, a las mujeres les fue reconocido el derecho al voto en Turquía. Atatürk fue el encargado de ese hito. En Nueva York, se culminó la construcción del edificio Chrysler, diseñado por William van Alen. 77 plantas y 319 metros de altura. Durante 11 meses, el mundo se veía desde ese edificio, lo bueno y lo malo, la grandiosidad y lo diminuto. A poco más de tres kilómetros de allí, el 8 de diciembre de 1980 caía asesinado John Lennon. Lennon, Atatürk y el edificio Chrysler gozan de fama a pesar del paso del tiempo. El ocho de diciembre, pero cuarenta años después, Margaret Keenan se convierte en la primera persona en ser vacunada contra la COVID-19. En las fotos luce un buen aspecto. Aparece en miles de periódicos.

Lo que no se ve no puede controlarse. En el año 1963, la editorial Marvel Comics sacó en Estados Unidos a los X-Men. Eran humanos con un rasgo genético transformado, el gen-X, que les otorgaba poderes sobrenaturales. Ya en la ficción se muta para incrementar algo, los poderes, la bondad, la maldad. Generalmente no se muta solo por mutar. Incluso las células se rigen por la codicia y los intereses. Luego llegó El increíble

Hulk, Spiderman, Los 4 fantásticos. Estos, por el lado bueno. En fin, también los había por el malo: Cassandra Nova, Shadow King, Sebastian Shaw… la nueva cepa británica, la sudafricana, la brasileña.

50 000 son los millones de euros que perdió España en turismo hasta agosto. 50 000 fueron los inmigrantes irregulares que llegaron en 2018. 50 000 son aproximadamente los habitantes que tiene Utrera. 50 000 fueron las personas que dejaron España en 2011 por la crisis, según la OCDE. 50 000 son los millones de facturación que en septiembre había superado el comercio electrónico. 50 000 son los espectadores que caben en el estadio José Alvalade de Lisboa, o en el Rey Balduino de Bruselas. 50 000 son los muertos oficiales que se superan en España por la pandemia en el mes de diciembre. Las cifras redondas se dicen con facilidad. Las cifras pequeñas son las que se esconden en cada hogar.

Siempre se pasaba mucha vergüenza. Pero eran aún peor los nervios, el desasosiego, el no saber si habría un antes y un después. Entrabas en la farmacia y pedías la prueba de embarazo. Luego, llegabas a casa volando, o al piso de estudiantes. Y aquellos cinco minutos que separaban tu vida de salidas nocturnas, de deporte, de planes a largo plazo, y el abismo, se alargaban como una serpiente desperezándose. Todo dependía del color. Más o menos rosa. El suspiro de alivio o las lágrimas. Todo o nada. A veces solo esperabas la llamada de teléfono, la muestra analizada estaba en otro sitio. Ahora, las colas en las puertas de los laboratorios son para saber si podrás comer o no con tu familia, si podrás juntarte con un amigo, si puedes coger o no un vuelo.

La vida es una cuestión de perspectiva. Si dibujamos un poliedro tridimensional, su imagen cenital diferirá de cualquiera de sus imágenes laterales. Su imagen cercana será distinta de otra más alejada. Subidos a una silla, la imagen de una rata es la de una mancha parduzca y pesada. Tumbados en frente de sus ojos, puede parecernos un animal terrible. Para la mayor parte del planeta, el 2020 ha sido el peor año de sus vidas. Y sin duda está en lo cierto. El año chino de la rata. Aquella persona que tuvo que cerrar su negocio; aquella que perdió a un familiar en un hospital sin posibilidad de despedirse. Aquella que permaneció meses en un país extranjero sin poder regresar a casa. Para Araceli, de 96 años, la primera vacunada española, 2020 ha sido un año horrible. Pero no más que 1936, que 1939, que los años posteriores del hambre. Que sus recuerdos del mundo en guerra, que otras muchas cosas que quizá prefirió ir olvidando.

No recordaba haberme divertido tanto en mucho tiempo. Cuando éramos más pequeños, las reuniones familiares eran abrumadoras. Mis abuelos maternos tenían dieciocho nietos. Éramos un clan divertido, abigarrado y siempre dispuesto a congregarnos como un enjambre. En Navidades especialmente. Los niños solo sabíamos disfrutar, ajenos, como es habitual, a las reyertas domésticas de este tipo de cónclaves. Así fue hasta bien entrada la veintena. Luego, comenzamos a disgregarnos y a hacer nuestras vidas, y aquellas reuniones fueron decayendo. Limitaron su número. Hacía años que no me juntaba con un grupo de primos. Apenas éramos siete u ocho. En Nochebuena. Desde el mediodía hasta las seis de la mañana. Sin parar de reír. Sin parar de sentirnos felices por aquella reunión casi inesperada. Pero eso fue justo hace un año.

¿Qué habrá sido de Silbo? Mis vecinos estaban de alquiler y abandonaron el piso hace algunos meses. No había vuelto a acordarme de ellos. Bueno, en realidad, he recordado al perro. Hay una tendencia higiénica en la mente que siempre impulsa a alimentar los buenos recuerdos. Los malos se mantienen por sí solos. A veces pienso que me he vuelto huraño y desafecto. El perro tenía cara de súplica. Pero los perros son sumisos y gregarios; por decirlo de alguna forma, tragan con todo. Ahora, en el piso que ocuparon los dueños de Silbo hay un matrimonio que ronda la cincuentena. No sé dónde trabajan ellos. Pero, al entrar, siempre se descalzan para no hacer ruido.

Times Square está vacío. Los carteles luminosos parecen estar hechos para ser contemplados por unos ojos invisibles. Gran parte de los hitos americanos tuvieron su explosión de júbilo allí. Es una intersección reducida, nada que ver con la Plaza Roja de Moscú o la Place de la Concorde de París. Si cerramos los ojos, podemos imaginar un exterminio producido por alienígenas. También en Trafalgar Square, en el cruce de Shibuya en Tokio o en la Puerta de Brandenburgo. Todas las cadenas muestran la Puerta del Sol vacía. La Puerta del Sol es cada una de las plazas del país. La orden es sonreír, pero no hay nada que celebrar. Si la humanidad tiene algo en común hoy es que, en cada metro cuadrado del planeta, uno puede sentirse solo. El planeta entero puede sentirse solo en el universo. Como siempre.

There is no present or future-only the past,
happening over and over again-now

Eugene O'Neill